LE BRODEUR

Bianca Joubert

LE BRODEUR

**ÉDITIONS
MARCHAND
DE FEUILLES**

Marchand de feuilles
C.P. 4, Succursale Place D'Armes
Montréal, Québec
H2Y 3E9
Canada
www.marchanddefeuilles.com

Mise en pages : Roger Des Roches
Révision : Annie Pronovost
Graphisme : Sarah Scott
Photo de la couverture : *Buttons,* Cassia Beck

Diffusion : Hachette Canada
Distribution : Socadis

Les Éditions Marchand de feuilles remercient le Conseil des Arts du
Canada ainsi que la Sodec pour leur soutien financier.

L'auteure remercie le Conseil des Arts du Canada pour son soutien.

Conseil des Arts   Canada Council   Société
du Canada   for the Arts   de développement
                                       des entreprises
                                       culturelles
                                       Québec

Catalogage avant publication de Bibliothèque et Archives Canada

Joubert, Bianca, 1972-

    Le brodeur

    ISBN 978-2-923896-16-8

    I. Titre.

PS8619.O854B76 2012   C843'.6   C2012-941533-2
PS9619.O854B76 2012

Dépôt légal : 2012
Bibliothèque et Archives nationales du Québec
Bibliothèque et Archives Canada

Mon cœur s'est arrêté entre deux batte-ments. Une seconde cristallisée dans un coup de sonnette strident. En bas de l'escalier, une surprise m'attend : un jeune homme noir, grand et mince comme une liane, perdu dans un vaste manteau, une tuque rouge posée sur la tête. Il me sourit en avalant des flocons de neige.

En se présentant, il ne tarde pas à me tendre la photo qu'il tient entre ses doigts où manque un ongle. Je reconnais d'abord l'enseigne de l'atelier de couture de Bokin. Puis mon visage aux traits rajeunis de dix ans, tout près de celui du brodeur vêtu de son grand boubou bleu, une paire de ciseaux à la main. L'époque où je rêvais de parcourir le monde ; le brodeur, de justice et d'une nouvelle machine à broder.

L'époque où j'ai appris que les battements du cœur sont la seule vraie mesure du temps.

Première partie

*

Bonne arrivée

J'habite deux maisons. L'une au cœur de Bokin, non loin de l'atelier de couture et de la buvette. Chez Émilienne. L'autre sur la colline, à quelques centaines de coups de pédales au nord. Un lieu de terre séchée et de paille, appelé « la terre du roi ».

« Bonne arrivée ! » Les enfants crient, se pressent autour de moi, me sourient à pleines dents. Les plus petits touchent mes bras, mes jambes, grimpent les uns sur les autres pour toucher mes oreilles. Les plus grands esquissent quelques pas de danse, se poussent entre eux pour être à l'avant-plan.

Ruisselants de sueur, plus beaux les uns que les autres, ce sont mes nouveaux petits frères et petites sœurs. Tellement nombreux que je ne maîtriserai jamais leur généalogie.

Lorsque tous se calment enfin et s'écartent, je comprends que quelqu'un d'important arrive. Le chef de la concession, mon nouveau père.

Après m'avoir montré ma case, présenté ses femmes et amenée saluer plusieurs chefs dont je cerne mal les fonctions, le vieux – comme il est poli de l'appeler – me demande, à travers le seul de ses fils qui parle un peu français, Rasmané, de lui dire « ce que mon cœur veut vraiment ». Il ajoute qu'il n'a pas eu la chance d'aller à l'école, mais que nous ferons tout pour nous comprendre.

Il semble plus âgé que mon propre grand-père. Son corps est resté agile et musclé grâce aux travaux des champs. Son visage, lui, est flétri et desséché par le soleil.

Ce que mon cœur veut, ce n'est pas si simple. La boîte de sucre, le pot de Nescafé et la bouteille d'huile qu'il vient de m'apporter constituent déjà, selon lui, les prémices de mon bonheur.

Je n'en demandais pas tant.

Un verre de thé

Une vaste étendue sèche, à peine quelques arbres. Au loin, des champs avec leurs paysans courbés qui plantent à répétition la *daba* – la houe traditionnelle – dans le sol. Tok, pok... Tak, pak... Des insectes crépitent, bourdonnent. Des charrues à bœufs creusent leurs sillons en laissant échapper de longues plaintes. Quelques chants passagers d'oiseaux, un âne qui brait.

Le Sahel. « Rivage », en arabe. Une zone qui borde le Sahara, du Sénégal au Soudan.

De l'eau qui a jadis occupé le territoire, presque rien ne subsiste. À la place, du sable et de la terre rouge. Et quelques trous remplis d'une eau stagnante, les marigots, vestiges des rares pluies. Dans cette brousse lointaine, l'absence d'eau se ressent dans le rythme de vie, les gestes quotidiens. Elle ordonne une discipline et une gestion implacable du temps dans la lenteur.

Dans l'Antiquité, la sécheresse a imposé de remplacer le cheval par le dromadaire. L'Islam a fait son chemin sur le dos de ces bêtes, traversant le Sahara pour atteindre « l'Afrique Noire », d'où l'on tirait les esclaves.

Je dors chez Émilienne les jours où j'ai de hautes occupations à Bokin ou dans les environs, c'est-à-dire visiter des préfets qui offrent invariablement la bière et les brochettes de chèvre, planter des eucalyptus qui ne seront pas arrosés ou regarder sécher des briques sur le chantier d'une école où l'on ne manque déjà pas de bras, mais plutôt d'outils et de matériel. Sur papier, le stage qui m'a amenée ici devait me permettre de participer à la construction d'une école, d'un puits et de reverdir le quart du village. Sur place, j'ai vite compris que j'aurais tout à apprendre et que mon apport ne serait que balbutiements. Des partenaires censés contribuer pour le matériel ont fait faux bond et l'on manque de tout, en particulier d'eau. La langue est aussi une barrière et mes dix mots de *moré*, la langue d'ici, m'obligent à une gesticulation qui se termine la plupart du temps en fou rire généralisé.

Je sais ma présence accessoire au sein de cette communauté dont la vie est régie par les bontés et les caprices du sol et du ciel. Autant considérer que je suis là pour rien parce que sous ce soleil, si haut au-dessus de la terre sèche, je ne suis rien. Personne ne vient jusqu'ici pour sauver le monde. Une fois qu'on le sait, c'est pour toujours et il ne reste plus qu'à envier son insouciance passée, sans plus jamais pouvoir s'en revêtir pour traverser la vie.

Assise dans la cour, je regarde Mariatou, fille d'Émilienne, et Zalissa, la petite bonne, se tresser les cheveux dans la lumière doucereuse de la fin d'après-midi. Elles ont, pour leur jeune âge, une adresse extraordinaire. À l'aide d'un peigne et de leurs petites mains, elles séparent, quadrillent, nattent leurs chevelures comme de véritables mathématiciennes. J'écoute aussi, malgré moi, Émilienne beugler des gloires à Dieu et à *Jésus... Jésus, Jésus, Jésus!*, enterrant la musique religieuse qui sort de son appareil tonitruant.

Entre deux chansons, la grande porte de fer s'ouvre dans un long crissement. Un garçon d'une douzaine d'années entre et vient vers moi, en ayant pris soin de saluer les autres au passage.

En baissant les yeux, il me tend un verre de thé mousseux, au fort parfum de clou de girofle. «De la part du brodeur», me souffle-t-il, avant de repartir. Émilienne me regarde d'un air moqueur, avant de tourner les talons et de monter encore d'un cran le son de la musique.

Le soir même, on frappe à la grande porte de fer. Émilienne, seins nus battant le plus naturellement du monde au rythme de ses pas, va ouvrir. Deux des hommes croisés à l'atelier de couture la veille font leur entrée dans la cour.

Yaya, le tailleur du village, me présente son ami venu de la capitale. Je suis d'abord fascinée par les mains gracieuses de celui qui m'est présenté comme le brodeur, dont l'une est solennellement tendue vers moi. Une main aux doigts longs et fins, aux ongles mordorés, où brille à l'annulaire un anneau d'or. Dans la lumière vacillante de la lampe-tempête, son visage reste impassible, mais ses yeux brillent d'un éclat étrange.

Je sens que quelque chose vient de changer.

La gamelle

Je réprime un bâillement devant monsieur le préfet, svelte et élégant, qui lance en l'air des phrases qu'il n'écoute pas lui-même et qui retombent platement. Son bedonnant chargé du protocole n'a pas manqué auparavant de nous assommer un peu avec son inutile introduction, chargée néanmoins de mots comiques comme «frottements interculturels» et «pénétration symbolique». La préfecture avait cru bon de réunir les quelques Occidentaux présents dans les environs afin de leur faire un discours de bienvenue.

Dans les pauses interminables qui ponctuent son discours, le préfet tend la main vers une bombonne d'insecticide pour en asperger des moustiques invisibles. Mon bâillement se transforme en rictus et un rire incontrôlable est sur le point de remonter de mon ventre à mes lèvres quand trois coups salvateurs retentissent à la porte du bureau dans lequel nous sommes prisonniers.

La délivrance: le match de la Coupe d'Afrique des nations de football vient de commencer. Ici, ce n'est pas à prendre à la légère, surtout quand le pays est l'hôte de l'événement. Et que, comme leurs idoles, des milliers d'enfants courent avec espoir derrière leurs ballons, se voyant déjà champions.

Je sors avec soulagement de la préfecture. Au bout de quelques pas seulement, une horde de bambins s'accrochent à moi, caressant mes bras de leurs petites mains salies par leurs jeux. Je me dirige un peu au hasard vers la maison d'Émilienne. Je ne m'y retrouve pas encore très bien dans le dédale des rues sans noms, dans la disposition chaotique des maisons sans adresses. Mais il est un lieu que je reconnais déjà sans peine.

Devant l'atelier – un rectangle de quelques mètres carrés percé de deux fenêtres aux volets de fer peints en bleu, prolongé d'un auvent de tôle soutenu par deux grosses branches noueuses – le brodeur est assis sur un tabouret bas. Il mange des boules d'*acassa* – de la pâte de maïs fermentée – trempées dans du lait caillé, sucré et pimenté. Il me regarde avancer sans cesser de porter ses doigts à sa bouche. Une justesse effrayante dans les gestes et le regard. On dirait un chat, aux yeux avides et fiévreux.

Il est vêtu d'un ample boubou bleu. L'anneau brille à son doigt et des fils d'or traînent épars à ses pieds. Nous nous saluons poliment. Je ne m'accorde pas le droit de le dévisager une fois parvenue plus près de lui. Mon regard s'évade vers le terrain vague où une bande de jeunes disputent un match de foot en tapant avec fougue dans un ballon dégonflé.

Je m'apprête à passer mon chemin lorsqu'il se lève et sort un minuscule tabouret sur lequel il passe plusieurs fois sa main avant de m'inviter à m'asseoir, tout en chassant les enfants d'un geste de la tête et d'un sifflement. Sa voix est basse et un peu nasillarde, comme s'il devait arrêter de respirer pour pouvoir parler. *Venez, on va manger. Venez.*

Je plonge à mon tour les doigts dans la petite gamelle émaillée. Nous mangeons en silence, le regard tourné au loin vers les lourds nuages qui commencent à assombrir le ciel.

La gamelle terminée, nous restons là. Encore une fois, le vent se lève, provoque de petits tourbillons de poussière. Ici, le silence ne gêne pas. Il a sa place. Être là peut constituer le vif du sujet, le cœur du débat. Là et pas ailleurs.

Encore une fois, la pluie ne vient pas.

Les charrues

Dans la case où je dors la nuit sur la colline, le silence profond est rarement rompu. Parfois, le cri d'un âne ou un aboiement. Le silence est d'une telle qualité que l'on croit entendre le scintillement des étoiles, la course des rares nuages qui passent comme un voile sur la lune, poursuivant leur chemin sans s'arrêter. Aucun bruit mécanique ne parvient jusqu'ici, comme si la civilisation actuelle avait arrêté son avancée à plusieurs kilomètres.

Puis, au petit matin, le bruit des pilons qui s'enfoncent au cœur des mortiers se fait entendre avant même le chant du coq, bientôt relayé par celui des pierres frottées l'une contre l'autre pour écraser le grain, le réduire en farine. Pour peu que l'on daigne sortir si tôt de sa case, c'est le spectacle de la force tranquille qui s'offre à nous. Des femmes au destin déjà scellé, dont les bras musclés et les seins allongés bougent en cadence, inconscientes de la beauté dramatique de leurs chants aux aurores.

Entre les baobabs décharnés, je vois d'autres femmes avancer en procession, l'allure altière malgré les pagnes élimés, les camisoles délavées qui laissent entrevoir des épaules frêles, les kilomètres qui défilent sous les pieds racornis défiant chaque jour l'aridité de la terre rouge. D'une main, elles tiennent le canari rempli d'eau en équilibre sur leur tête. Peut-être que l'absence d'ouverture sur la mer a préservé une partie de la population de l'esclavage, à une autre époque. Il semblait plus pratique, pour le commerce humain à destination de l'Amérique et des Antilles, de rester à proximité des bateaux et d'effectuer des embarquements immédiats. Envoyer ce « bois d'ébène » dans les cales des négriers pour produire, sur les terres du Nouveau Monde, des denrées qui seraient ensuite expédiées sur le Vieux Continent. Et maintenir la pensée que les « aborigènes », les habitants de la terre d'Afrique, étaient plus près de la bête que de l'homme, pour justifier l'utilisation que l'on en faisait. Se permettre d'examiner les dents et l'intérieur de la bouche, pour juger de la santé, comme on le ferait avec des chevaux.

Troquer une cargaison humaine en Amérique contre sucre, rhum, coton, café ou métaux précieux. Des marchandises de choix qui retournaient, dans les mêmes cales, faire le bonheur ineffable des nobles européens.

Depuis des siècles, les mêmes femmes avancent entre les baobabs de plus en plus décharnés par l'avancée du désert, portant sur des kilomètres des canaris remplis d'eau. Mais pour l'étranger qui a le luxe de venir partager ce quotidien fait de trois brins de paille, il n'y a qu'à goûter l'essentiel. Pour ceux qui restent là, ceux qui ne sont même jamais montés dans une voiture et ne connaissent pas le goudron de la capitale de leur pays, il existe un ailleurs flamboyant, qui n'est ni celui des génies, ni celui des ancêtres. Un monde où l'eau coule à flots et qui déverse de temps à autres des êtres qui se déplacent, mangent, boivent, s'habillent à leur gré. Des gens qui font apparaître des Bic, des cahiers, des habits, des médicaments, même des mouchoirs de papier. Puis disparaissent en les laissant derrière leurs charrues tirées par des bœufs faméliques, après avoir répondu que, oui, dans leurs pays, il y a des tracteurs motorisés.

La buvette

À la buvette de Bokin, je me prends vite d'amitié pour Kalifa, « l'homme tranquille » : treize ans, la voix douce, les yeux remplis à ras bord de questions. *Quel est le sens du mot « mystique » ? Pourquoi nos cheveux poussent-ils vers le haut et non vers le bas comme les vôtres ?* Il passe les vacances scolaires chez son oncle et sert parfois les clients pour donner un coup de main. En attendant d'être grand et de devenir ministre ou pilote d'avion.

C'est lui qui m'apprend qu'il y a autour de Bokin des lieux sacrés où l'on ne doit pas s'aventurer. Combien de fois ai-je envié les génies de pouvoir y tenir quelque fête secrète, à l'abri de tous les regards... Avec ses explications chantantes et son intérêt pour le mot « mystique », il devient vite mon informateur en matière de choses inexplicables, à ne pas raconter aux sceptiques qui ne sont jamais sortis de la zone rationnelle de l'Occident. Par exemple, il me parle de ceux qui marchent sans ombre ou des objets que l'on peut transporter à distance. Et surtout du « wak », une sorte de raccourci vers la réussite : à l'aide de manipulations occultes et de rites bien ciblés, on s'attire la chance en affaires, on éloigne la maladie ou on élimine un ennemi.

Son propre père, au moment d'embarquer dans un avion pour Pretoria, où l'attendait un potentiel partenaire pour une lucrative affaire, serait tombé dans un profond coma, avant de revenir à lui quelques heures plus tard, dans sa chambre. Le même scénario s'est répété à deux reprises et l'affaire est tombée à l'eau. Kalifa est persuadée qu'un adversaire s'est joué de son père en ayant recours à la magie.

Pour me convaincre de la véracité de ses histoires, il cite même de mémoire une phrase d'Hérodote qu'il dit avoir lue en exergue d'un livre que lui a donné son instituteur : « En Afrique, tous les hommes sont magiciens ». Il n'a pas besoin de beaucoup insister : je deviens au fil des jours de plus en plus encline à me laisser aller à croire qu'ici les choses se passent peut-être différemment.

Sur la terre du roi, j'ai ainsi cru comprendre qu'un couple de jumeaux, des enfants, sont les occupants de la case faisant face à la mienne. Chaque jour, on vient de partout dans la concession pour les saluer. Pour ma part, je n'ai jamais vu qu'un rideau devant lequel on dépose des offrandes. Un rideau auquel on parle et qui ne répond pas.

Kalifa me raconte que la naissance de jumeaux n'a rien de rassurant. Chaque être possède dans « l'autre monde » son propre jumeau. Les retrouver tous les deux de notre côté équivaut donc à se trouver en présence d'au moins un représentant du « monde à l'envers ». Cet événement, dans une société qui redoute la différence et aspire à sa continuité dans l'ordre social qu'elle connaît depuis toujours, avait poussé autrefois à l'élimination pure et simple des jumeaux nouveaux-nés. Les habitants de la case voisine étaient peut-être déjà retournés de l'autre côté, dans le monde à l'envers, où le haut est le bas, où la gauche est la droite. Où l'on marche à reculons et berce les enfants les pieds vers le ciel.

Le portail

À chaque ouverture du portail grinçant qui annonce la visite du brodeur, quelque chose grandit en moi, se dirige lentement vers lui. Je tremble toujours un peu en serrant sa main tendue dans la mienne, qu'il retient tout juste assez longtemps pour que je sache. Que je comprenne que nos silences seront des échos, que nos pas chercheront sans cesse à se croiser.

Il tend la main droite et pose l'autre sur sa poitrine. La main gauche sur le coeur, celle qu'on ne tend jamais ici par respect. On réserve l'autre pour manger, écrire, mais on joint les deux pour prier. La main noble et la main souillée; je me demande quelle est celle de l'amour?

Bientôt, il vient causer avec moi tous les soirs où je me trouve dans la cour d'Émilienne. Il arrive dans le ciel pâle, avant la tombée de la nuit. Je lui sers de l'eau, je renverse le thé. J'observe l'ascension d'une fourmi sur son bras, le passage à la pénombre sur son visage fin. Émilienne l'invite de plus en plus souvent à manger. Du riz gras, des haricots pilés, de la bouillie de blé, ce qu'il y a. Je ne sais trop si elle le fait pour elle ou pour moi. Je sens parfois poindre de la jalousie lorsqu'il attarde trop son regard sur moi, sourit béatement en oubliant de parler. Émilienne qui a un fils sans papa, qui vient d'une ville que je ne connais pas et parle une langue qui n'est pas courante à Bokin.

L'atelier de couture

Au Sahel, la nuit s'empare de nous. La clarté laisse place en un battement de cils à une grande étoffe d'un noir profond et étoilé. Une fois la prière du soir terminée, il reste peu de temps avant que le soleil nous fasse son coup de théâtre et que le ciel ne s'éteigne subitement.

À l'atelier de couture, la journée de travail ne se termine pas pour autant et les machines continuent leur train-train sous le feu des lampes. On peut voir les spasmes du charbon ardent dans les fers à repasser d'un autre âge, dont on contrôle l'intensité en y appliquant plus ou moins d'eau froide. Entendre le cliquetis des grands ciseaux ;

les coups de pédale réguliers, moteur des zigzags de la machine à coudre. Trois ou quatre hommes – jusqu'à six en prévision d'une fête où tous voudront de nouveaux habits – s'y activent, mesurent, tracent, découpent dans de grands tissus des manches, des jambes de pantalons, des foulards, assemblent les morceaux, les repassent, avant de laisser au brodeur les pièces de résistance qui porteront sa marque : des enjolivures délicates au col, aux manches, au bas des jupes.

J'observe la scène de loin. Des clients passent ramasser leurs nouveaux habits fraîchement cousus, ou un ensemble délicatement ravivé sous le fer. L'élégance des gens d'ici, malgré le rude travail, la rareté de l'eau, la terre rouge qui vole sous les roues des mobylettes et envahit tout, me fascine.

Cotonnade aux imprimés multicolore, pagnes tissés de coton brut, basins cirés aux teintes éclatantes composent la trame colorée des clients qui défilent à l'atelier. Pour les femmes, un simple pagne noué au-dessus des seins lorsqu'elles sont dans leur cour ou aux champs se complique en un très étudié trois morceaux composé d'un pagne, d'un boubou et d'un foulard assorti porté sur la tête lors des fêtes ou des sorties. Les hommes portent aussi un boubou sur un pantalon, boubou simple ou boubou riche, selon le tissu et la broderie. Ici, le prêt-à-porter vient de la « friperie », c'est-à-dire des amoncellements de vêtements usagés déversés par l'Europe, l'Amérique, le monde entier. Tout le reste est fait main, d'où la position centrale de l'atelier de Yaya.

Une mobylette démarre dans la noirceur maintenant complète. Sans ma lampe de poche, je n'y vois rien et j'avance en butant contre les cailloux. Je fais quelques pas pour retourner chez Émilienne. Des gens me saluent au passage sans que je les reconnaisse. On dirait qu'ils surgissent devant moi pour quelques secondes, le temps d'apercevoir un sourire, le blanc des yeux. Je continue d'avancer à tâtons, sans vraiment savoir si je vais dans la bonne direction. Le jour, j'aime sortir pour me perdre dans les rues sans nom. La nuit, je me perds dans les étoiles.

Je vais trébucher lorsqu'une main attrape la mienne.

Je découvre ainsi que le brodeur loue une petite maison en retrait. En chemin, sans y voir grand-chose, j'entends le charbon qui crépite pour chauffer les théières fleurant bon la menthe et le sucre d'orge. Des éclats de rire fusent dans l'air. Assis sur le pas des portes ou dans les cours ouvertes, les villageois s'approprient en petits groupes l'espace réservé aux vivants, laissant aux génies les lieux isolés pour ne pas tenter leur malice. Au-dessus de leurs têtes, plus d'étoiles qu'on ne peut en compter. Parmi elles, Wendé, le dieu suprême, veille sur les uns, Dieu ou Allah sur les autres.

La maison du brodeur est l'une des rares à laquelle on peut accoler le mot intimité, dans cette brousse sahélienne où l'on n'est jamais seul. Sur les murs nus, un petit éclat de miroir accroché entre deux clous, une corde où pendent des habits de prière, des tenues de ville coupées net et d'amples boubous à larges échancrures qui laissent passer la chaleur. À la lumière de la lanterne, je peux aussi distinguer un petit tabouret et un mince matelas de mousse posé à même le sol.

Il ne possède que quelques photos : lui dans l'atelier de son père, dans la capitale, l'équipe de foot de son quartier, son ami journaliste devant le bureau de la rédaction du journal qu'il a fondé en ville. Une photo pâle aux coins écornés d'une femme au visage triste et d'un enfant de deux ou trois ans. Des photos personnelles parmi lesquelles se démarque celle où l'on voit le président actuel, au milieu d'un terrain de foot, le bras passé autour des épaules d'un autre jeune homme souriant, le futur président Sankara.

Pendant qu'il me montre les photos et que je sens son souffle tout près, un petit mendiant vient chanter sur le seuil de la porte ouverte. Tout bas, comme s'il ne voulait pas déranger, il récite, en arabe, les chants coraniques appris par cœur, sa boîte de conserves de tomates vide posée devant lui. Une boîte où l'on verse des restes de repas ou quelques pièces. Fardé de poussière, il garde les yeux fermés et tire nerveusement sur sa manche déchirée en détournant la tête, comme s'il voulait être ailleurs.

Le vent

Le vent de la pluie tant attendue s'est levé. Dans la cour d'Émilienne, le seau suspendu à la poulie au-dessus du puits se balance avec des sons grinçants. La poussière vole, les pintades courent en tous sens. La vieille chèvre, retenue par une corde, se retire dans un coin, aux aguets.

Peu à peu, les villageois disparaissent derrière leurs murs de banco et tirent les volets métalliques. Strié d'or, le ciel tourne au violet.

Je reste dehors, bras étendus, face contre le souffle cinglant. Bêtement ravie d'être là. D'attendre la pluie, la pluie annoncée par le vent désertique qui fait s'envoler les toits de tôle, emporte avec lui les petites filles aux pieds comme des bois secs. De connaître un autre jour à Bokin, dans le vent de la pluie qui ne vient pas.

Le temps n'existe pas

Au fil des jours, l'atelier de couture est devenu un passage obligé. J'y retrouve mes hommes, ceux qui m'aident à comprendre un peu le pays et se débrouillent toujours pour avoir de quoi faire le thé : Yaya, le tailleur, les deux Oumar, jeunes instituteurs de la ville venus enseigner à Bokin, Armel, le vendeur de porc du marché, Tonton, sorte de fou du village accro au reggae, quelques assistants taciturnes de Yaya qui semblent se relayer au fil des commandes, le brodeur.

« Le temps n'existe pas, la vie est un miracle… », chante en boucle Alpha Blondy sur la cassette usée de l'atelier. À l'époque, il n'a pas encore enregistré « Au clair de la lune, mon ami Zongo, prête-moi ta plume… », en l'honneur du journaliste assassiné, « mort au champ de bataille », diront plusieurs. Ce même journaliste dont la photo trône sur le coin d'un tabouret, dans la maison du brodeur.

Moi, je peux encore me permettre de croire comme lui que le temps n'existe pas. De me laisser inonder par les mystères quotidiens sans toujours chercher à les résoudre, pour ne pas rompre la magie. De m'extasier sur une main gracieuse maniant un ciseau de fer d'un autre âge, d'être happée par la vue d'un homme qui se lève au petit matin pour prier, mon pagne indigo aux fils étincelants enroulé sur ses hanches, pendant que joue encore sur le petit radio un air de Marvin Gaye, accompagné par le chant des cigales.

Quand arrive l'heure de la prière, le brodeur lave d'abord ses mains, puis sa bouche, son nez, son visage. L'un après l'autre, ses avant-bras ; le dessus de sa tête, ses oreilles, puis enfin ses pieds. Méticuleusement. Le sexe, il va de soi, doit être sans souillure aucune.

Puis le tailleur et les visiteurs venus palabrer font aussi ablutions et prières dans la cour prolongeant l'atelier. Ils empruntent tour à tour le tapis et psalmodient leurs récitations et louanges vers la Mecque. Les autres, comme Armel, qui est catholique, ou Tonton, qui prie indifféremment Jah, Hellé Selassié ou les ancêtres, restent en plan, continuant à manger leurs cacahuètes ou à boire leur thé.

Parfois, l'exemplaire format de poche du Coran, recouvert d'un plastique transparent, circule de mains en mains. Je me garde de formuler ma question sur le fait que la plupart des gens ici lisent et récitent une langue qu'ils ne comprennent pas, l'arabe.

Les chiens

Monsieur Bonaventure, le voisin de cour d'Émilienne, a un très grand front, que j'ai assimilé d'emblée à la bosse des mathématiques, bien visible sur le crâne. Mais il est plutôt champion de Scrabble. Il a même été invité à une compétition internationale en France il y a quelques années. Je pense risquer un jour une partie, prête à mettre mon orgueil de côté en cas de défaite trop vive.

Son chien Bandit, une grande bête grise qui ne ressemble à aucun autre des chiens que j'ai pu voir ici, plutôt beiges et galeux, dort près de moi les nuits où je reste dehors pour profiter du peu d'air qui circule.

Il est dit dans le Coran que la présence des chiens dans une maison éloigne celle des anges. Lorsque Bandit veille sur nous, il me semble au contraire qu'ils dansent tout autour. J'entends leurs chuchotements à travers le souffle des enfants qui dorment en sueur sur des nattes, dans la cour. Je sens leurs mains qui s'agitent dans le vent léger qui fait frémir la moustiquaire pas assez grande pour contenir tout le monde.

En marchant dans le village la nuit, il arrive de croiser une bande de chiens errants, plus affolés que réellement menaçants. Chassés et rôtis par les uns, considérés impurs par les autres, ils se tiennent autant que possible loin des humains. Il y a bien sûr des exceptions, quelques chiens domestiqués dont le privilégié Bandit.

La terre du roi

Arrêt à la buvette. Je bois du Fanta Cocktail en mangeant des beignets pendant que Kalifa se pose de faux tatouages sur le bras et sert les rares clients. Je porte de larges pantalons rouges, une camisole turquoise qui laisse voir mes bras à la peau pelée par l'intensité du soleil et un foulard bariolé sur la tête. Une gourde bleue en bandoulière pour affronter la route à vélo jusqu'à la terre du roi. Je n'arrive pas, moi, à avoir fière allure dans cette chaleur écrasante, dans ce vent brûlant qui charrie la poussière rouge qui enveloppe tout. Heureusement, il n'y a nulle part de miroir pour me le rappeler, aucune vitrine ou fenêtre pour me rendre mon reflet.

Les clients de la buvette me saluent longuement et de bon cœur, tout comme les passants, toujours un peu étonnés de me trouver encore là, dans leur village qui se dresse comme les vestiges d'une civilisation ancienne, mi-ruines, mi-maquette inachevée, une succession de petites boîtes couleur ocre, égayées par des volets verts ou bleus. Je suis leur *nassara*, l'étrangère venue d'un pays lointain, où les gens doivent être très riches. Comme dans les feuilletons américains à la télévision – l'unique télévision vue au village, branchée à une ronronnante génératrice – devant laquelle s'agglutinent quarante ou cinquante personnes, parfois.

Je laisse à regret Kalifa, qui me promet d'autres révélations occultes, pour poursuivre à bicyclette la route cahoteuse vers la terre du roi, rejoindre mon vieux père afin qu'il ne perde pas la face à cause de cette visiteuse qui ne passe pas assez de temps chez lui. Que va-t-on penser, que l'étrangère n'y est pas bien traitée? Au départ, je devais y loger en permanence, mais les kilomètres séparant la terre du roi de Bokin m'ont vite parus trop lourds à franchir quotidiennement. Et mon inutilité dans les champs – on m'amène une chaise au bout de cinq minutes dès que je tente d'aller cultiver avec la famille – m'a fait opter pour un temps partiel entre la maison d'Émilienne, qui a bien voulu m'accueillir puisque je «cause» bien et lui apporte un petit revenu d'appoint, et la concession ancestrale de mon vieux père.

Le dernier bâtiment avant la longue route quasi déserte qui mène à ma case sur la colline est la petite baraque du commissariat de police. Juste à côté, un âne en érection déploie son sexe long comme un pilon. Du haut de ma bicyclette, gênée, je détourne le regard. Un policier m'a vue et lève déjà la main en riant. Impossible de passer mon chemin sans faire un brin de causette. *Ça va? Et la journée? Et la chaleur? Et la famille? Et le Canada?*

Et le sexe de l'âne?

Le gendarme me demande en feignant un bâillement si mon ami le brodeur se porte bien. Étonnée, je ne sais quoi répondre, mais je me dis que la nuit, comme je le craignais, a des yeux de chat. Et qu'on n'est vraiment jamais seul, ici.

J'entreprends la difficile ascension sur mon vélo qui n'a ni vitesses ni freins à main. Je dois, comme avec ma première bicyclette reçue à cinq ans, freiner en donnant un coup de pédales vers l'arrière. Heureusement, l'air est parfumé et j'apprécie ce silence qu'aucun bruit de voiture n'altère jamais. Je découvre même que la chaleur a un son particulier : une espèce de battement sourd, une vibration mêlée au bruit des insectes et à celui des oiseaux qui piaillent. J'aperçois au loin quelques paysans, qui sont probablement là depuis des heures déjà, et rentreront bien après que je ne sois arrivée sur la colline. Je me demande en pédalant si ceux qui n'ont pas de transistor, ne savent pas lire les journaux et côtoient rarement la télévision sont plus à l'abri des catastrophes du monde. Ont-ils l'esprit plus tranquille, eux qui n'ont jamais été inquiétés par les indices de la Bourse, la menace nucléaire, n'ont pas d'idée précise des pourcentages de maladies qui déciment le continent, ni de la quantité de bombes qui explosent chaque jour sur la planète ? Est-il plus doux de vivre en ignorant dans quel sens tourne le reste de la Terre ?

À mi-chemin, une fillette d'à peine deux ans sort de nulle part et court vers moi pour me faire la révérence. Sa mère marche non loin, un enfant au dos et un plateau sur la tête, en tricotant. Je freine trop vite sur la terre meuble et me renverse sans trop de grâce sur le côté. La maman rit de bon cœur. Je la salue et lui serre la main, lui dis qu'il va peut-être pleuvoir, elle dit: «Ui, merci, c'est la bonne réponse» et fait elle aussi une petite révérence. «Il paraît que les Arabes, les Chinois ou je ne sais plus qui ont inventé un produit pour vaporiser les nuages et provoquer la pluie», ai-je envie de rajouter, à court de mots en *moré* et ne sachant pas trop si elle comprend vraiment le français. Peut-être seulement un peu un peu, *bilfou bilfou*, comme beaucoup de femmes ici qu'on a jugées plus utiles à la maison ou dans les champs que sur les bancs d'école.

Je ne croise plus personne sur le reste de ma route. Éreintée, en nage, j'aperçois enfin le minaret de la petite mosquée de la terre du roi. Je m'y promène toujours dans une sorte de rêverie fiévreuse, où les voix des enfants m'interpellent, où des vieilles me demandent, à genoux, de les nourrir, où d'autres rient en voyant ma peau si pâle. La terre du roi: une terre où tout est toujours à faire. Où l'on conçoit aisément que les génics ramassent les objets qu'on laisse tomber et les font disparaître, où l'on évoque des serpents gros comme un tronc d'homme, mais où certaines femmes préféreraient marcher jusqu'au pays voisin plutôt que de monter dans une voiture ou un avion.

Mon vieux père m'attend devant la petite porte de tôle de ma case, sous l'auvent de paille où pend un fanal. Il m'amène comme une enfant par la main, je ne sais où, jusqu'à une grande demeure entourée par plusieurs gardiens. On nous apporte deux chaises à l'ombre pour nous faire patienter, une bonne demi-heure au moins.

Au mur, accrochés très haut, des cadres de bois renferment des portraits de toute la lignée du roi. Entre les cadres poussiéreux, des peaux d'animaux sauvages – un léopard, une hyène tachetée – et toutes sortes de babioles qui échappent à ma compréhension : un Père Noël en plastique, une queue d'animal, des flacons de parfum vides. Au centre du décor, une horloge carillonne comme un rappel du temps que j'avais complètement oublié ici.

Le roi a atteint un âge vénérable et a, dit-on, cent un enfants. Je suis d'abord très impressionnée de me trouver face à face avec un roi. Un roi ! Puis je m'étonne que ses dévoués serviteurs ne lui tournent jamais le dos. Ils repartent toujours à reculons.

Comment parler à un roi ? Je voudrais bien qu'existe un manuel pratique qui me l'expliquerait. Le whisky qu'il m'offre détend l'atmosphère, malgré la limite de la langue, rapidement atteinte. Contrairement à mon vieux père, qui m'attend dehors pendant tout ce temps – on ne visite pas sans raison un roi, soit-il roitelet, et il semble que de mon côté la seule couleur de ma peau soit un motif – il connaît quelques mots d'un français très coloré, qu'il entremêle à ce qui me semble être de l'arabe. Au troisième verre, il se fait apporter un jeu de dames. Nous jouons jusqu'à ce que l'horloge carillonne de nouveau et qu'un serviteur vienne parler à l'oreille du roi.

Je repars, à reculons pour ne pas tourner le dos à mon hôte, avec le cadeau qu'il m'a offert : un mouton vivant, bien sage au bout de sa corde. Je l'ai appelé Méchoui, pour ne pas m'attacher, le considérer tout de suite comme de la viande et je l'ai offert à mon vieux père. Méchoui a été dépecé dans l'allégresse : il fallait voir les enfants, hauts comme deux poulets, manier le coutelas et s'enguirlander d'intestins. Tout se mange, ici. En servant la sauce, j'ai pu repêcher cœur, foie, testicules et même les guirlandes d'intestins. Merci au roi.

Abibou

Touin touin mam biga touin touin, a touin touin, touin touin...

Ce sont les paroles que j'entends lorsque la petite Abibou chante. Et, o clè dela loune mon nami pilo... ouvé moi ta plune... pou écli un mot..., celles qu'Abibou perçoit lorsque je fredonne.

Abibou. Sa voix à fendre l'âme. Son regard qui semble traverser les siècles jusqu'à moi. Je ne sais pas de qui elle est la fille. Fille ou petite-fille de mon vieux père, cheveux coupés courts, beauté indécente, à peine pubère. *Touin touin mam biga touin touin a touin a touin...* De sa petite gorge sort un rire enroué à la fin de son chant. Ses yeux plissés s'ouvrent ensuite lentement pour me fixer d'un air hagard. Avant de regarder à nouveau le sol, comme on le lui a appris. Ne pas plonger ses yeux dans ceux de l'étrangère. Au risque d'être impolie. De s'y perdre, d'y être avalée. De ne plus jamais revenir du monde des Blancs.

En cadence, nous battons le mil avant même que le coq ne chante. Le mil dans son mortier et le blanc des yeux d'Abibou. C'est tout ce que j'arrive à distinguer à cette heure. Le temps s'égrène au fil des chants et des battements des pilons. Puis bientôt le profil du coq, bec ouvert, se détache sur un fond de ciel qui commence à rosir, alors que quelques hommes sont déjà dans la petite mosquée de terre, non loin de la demeure du roi. Ceux qui ne sont ni animistes ni catholiques, mais portent leur front au sol cinq fois par jour en signe de soumission.

Graduellement, je distingue le blanc de la chemise d'un homme qui approche par le sentier de la brousse, encore réservé aux êtres invisibles dont il vaut mieux ne pas croiser le chemin aux aurores. Un homme inquiet de l'absence à Bokin de la *nassara*.

Les génies

La fièvre dure depuis bientôt deux jours et me garde sur la terre du roi.

Je viens de rêver du roi baignant sur la terre sèche dans une mare de sang. Les yeux ouverts sur la nuit obscure, je crois entendre rôder les génies, qui ne peuvent se mêler à nous à cause des grigris – des talismans qui sont faits aussi bien d'ongles d'albinos, de matières végétales que de versets coraniques – et des incantations qui les repoussent.

Du plus profond de la brousse, j'entends leurs rires. Malgré la peur, je me dirige droit devant moi, titubant sous l'infime rayon de lune dans laquelle j'imagine me refléter, distinguer ma silhouette à mesure que je progresse.

Comme chaque fois que je sors dans l'obscurité, il me semble voir se profiler des ombres, qui disparaissent aussitôt, non sans m'avoir d'abord détaillée jusqu'au fond de l'âme. L'une d'elles pourtant s'acharne. Après une course effrénée où une pierre a raison de mon équilibre, l'ombre pose sur moi deux mains bien réelles : celles d'un des serviteurs du roi.

Le serviteur me transporte chez le roi lui-même et m'asperge de whisky pour me sortir de ma torpeur.

Dès l'aube, mon père alerté vient réclamer sa *nassara*.

On m'a installée dans ma petite case et on me veille. Je sens chacun des ressorts du vieux lit de camp sur lequel on m'a posée, mais l'on refuse de me laisser dans cet état sur une simple natte.

Je me liquéfie, mon ventre se vide de tous ses démons. Je bois de pleines calebasses de liquide qui ressort comme d'une gourde percée. L'insecte qui charrie la mort me chuchote à l'oreille. Puis son chant s'estompe, remplacé par celui d'Abibou.

Les voix rauques, les voix nasillardes, le battement sourd des mains me semblent de plus en plus lointains. J'ai le tympan en alerte d'un bruit qui viendrait d'un autre monde, celui d'où je ne suis pas encore, le monde à l'envers. Une main sur mon front, le goût du fer sur la langue. La fièvre sur mon corps. Comme si un ouragan était entré en moi par la bouche à force de trop attendre la pluie.

L'envie féroce d'oublier qui je suis, de ne jamais repartir en m'enfermant dans un grenier à mil, dans l'éternité du bruit des *dabas* plantées dans le sol pour arracher à la terre aride un peu de survivance. Mourir pour si peu. Mourir jeune d'une maladie inconnue dans un pays où les funérailles d'enfants sont aussi nombreuses que les mariages.

Je suis l'eau, je suis le vent, je suis la pluie. Si mes pieds ne touchent plus le sol, c'est que Wendé m'a tendu la main de là-haut, me tire vers lui. Comme toutes ses créatures, je suis appelée à disparaître. Commence-t-il par rappeler d'abord les plus inutiles ? Moi qui ne vaut rien pour travailler la terre, peine à allumer un feu, à cuisiner dans des marmites immenses sur la flamme du bidon de gaz ou le feu du charbon de bois. Qui supporte difficilement jusqu'au bout les longues salutations où l'on s'enquiert de tous, de la santé du dernier-né à celle de l'arrière-grand-mère, en passant par les cousins qui vivent à des kilomètres et qu'on voit tous les dix ans ou la construction de la maison voisine qui avance, oui, brique par brique, tôle après tôle.

La télé

De retour à Bokin après ma guérison, je fais une découverte : monsieur Bonaventure, le voisin de cour d'Émilienne, a la télé ! En frappant à sa porte ouverte pour lui offrir – en prenant mon courage à deux mains – de jouer une partie de Scrabble, je le trouve en train de regarder des derviches tourneurs sur le petit écran, son repas auquel il n'a pas touché posé à ses pieds sur un tabouret. Je suis hypnotisée à mon tour par ces hommes qui tournent sans fin sur eux-mêmes.

Il ne m'a pas entendue cogner. Son grand front est parfaitement lisse, aucun souci ne se lit sur son visage alors qu'il fixe les hommes en robes blanches tourbillonnant sur une musique extatique. Leurs pieds tournent, puis le droit passe par-dessus le gauche, sans fin. Leurs bras, suspendus à hauteur d'épaules, ne semblent plus subir l'attraction terrestre.

Après avoir toussoté pour signifier ma présence, je m'approche de monsieur Bonaventure en contournant la mobylette bleue garée à l'entrée du salon. *Né zabré.*

Ah ! Bonsoir ! Je ne t'avais pas vue, excuse-moi. Viens manger. J'espère que ce n'est pas devenu froid le temps que la télé m'a hypnotisé. C'est magnifique, n'est-ce pas ? Ça va ? Et la journée ? Tu as des nouvelles du Canada ? Tout le monde va bien ? Et ta maman ?

Je ne sais pourquoi, mais monsieur Bonaventure, professeur de français sans âge et d'une érudition étonnante, me fait l'effet d'un vieil oncle rassurant. En tentant de mastiquer la coriace chèvre braisée que je partage par politesse avec lui, puisque j'ai déjà mangé, je me mets donc aux confidences, laissant aller quelques questions que n'aurait pas dédaignées Kalifa avec sa curiosité indomptable. Il apprend ainsi tout doucement que j'aime un homme marié qui fuit sa femme issue d'un mariage arrangé, « ni jolie ni laide », qu'il n'arrive pas à aimer, que la situation me dépasse et que je ne sais plus ce que je veux faire quand je serai grande.

Bandit, lui, acquiesce à tout et me raccompagne dans la cour avec un joyeux aboiement.

La broderie

Je n'y peux rien, je suis attisée par l'œil vif et le silence de cet homme derrière sa machine à broder. Le serpentement de ses doigts qui manient l'aiguille et le fil.

J'aime quand il défait d'une main l'élastique retenant mes cheveux et que nous redevenons sauvages. Quand ma peau fond sous ses mains dans la moiteur de cette canicule sans fin et que nous mettons le feu à ces jours aux contours incertains, isolés de cette collectivité qui bat d'un seul cœur. En retrait dans la maison, il n'y a plus d'écart entre nos mondes, nous confondons même le monde à l'envers, celui des génies et celui des vivants.

Dehors, nous devons redevenir des étrangers.

La nuit, je tressaille dans la lueur de la lanterne, apprivoise le tissage serré des corps. Puis la lumière des lendemains.

Au petit matin, je m'efforce d'effacer les traces de sommeil sur mon visage en me mirant dans le petit éclat de miroir que le brodeur utilise pour se raser et lisser sa courte chevelure. On ne salue jamais avant de s'être d'abord lavé le visage.

Je me sens constamment observée et même dans l'obscurité je redoute les yeux de chat des villageois. Il me semble que mes cheveux, même emmêlés, sont tissés d'or et que ma peau offre quelque valeur marchande.

Après avoir fait ma toilette chez Émilienne, il m'arrive de passer des journées entières à l'atelier. Je retrouve le brodeur les yeux baissés sur son travail, perdu dans ses pensées. Il quitte avec elles l'univers entourant sa machine et se laisse prendre dans le détour de ses motifs, qui deviennent vues aériennes, vagues et routes sinueuses. Il ne veut plus se poser, mais errer sans fin.

Il sème, sème du fil, des brindilles de couleur dans les champs de coton tissés, taillés. Dans l'ardeur de son travail, il plante l'aiguille au centre du motif et élabore autour de lui. Des volutes d'or, des arabesques ou de fines fleurs argentées naissent sur la toile de fond du tissu opaque, créant chaque fois une œuvre unique qu'il se refuse à reproduire exactement ensuite.

Je suis fascinée autant par la beauté et l'adresse de ses mains que par ce qu'il me raconte de son métier, avec la voix basse et l'économie de mots qui le caractérisent. À la manière d'un calligraphe, le brodeur dessine sur le tissu des motifs compliqués, sur lesquels il repasse ensuite avec du fil de soie ou de coton. Motifs géométriques, croissants de lune, remplissage au point étoilé, nœuds entrelacés, spirales et zigzags irréguliers : des hiéroglyphes que seuls les initiés déchiffrent et qui participent à perpétuer l'histoire secrète de tout un peuple, une tradition porteuse de sens.

La conversation bifurque parfois, le temps d'un éclair, d'une phrase en forme de parabole, sur la mémoire blessée de la patrie. De la jeunesse africaine, dont il était, sciée en deux un jour d'octobre 1987.

Le ciel, lourd, continue de menacer sans jamais se fendre d'un orage.

Une musique militaire

Sur les ondes hertziennes, les programmes sont interrompus. D'un bout à l'autre du pays, les burkinabés sont suspendus à leurs postes de radio, qui diffusent à l'unisson une même musique militaire. Pour la population, le signe ne trompe pas : le pouvoir vient de changer de main.

Quelques heures auparavant, le président, en tenue de sport, faisait face au commando venu le liquider. « Restez là. C'est moi qu'ils veulent », aurait-il dit calmement à ses collaborateurs quelques secondes avant que ne retentissent les Kalachnikov.

Le 15 octobre 1987, à la faveur de la nuit, Thomas Sankara est enterré à la hâte, avec la douzaine de personnes mitraillées en même temps que lui. Comme un chien, diront certains. Ni messe ni funérailles. Son certificat de décès porte la mention « mort naturelle ». Avec son corps troué de balles disparaît un pan de l'histoire récente du pays, quatre ans de révolution passés comme une lueur inespérée sur l'un des peuples les plus pauvres de la terre.

Le 15 octobre 1987, le brodeur a vingt ans. Ce jour-là, les rues de Ouagadougou, Dakar, Bamako, Lomé, Abidjan, Yaoundé, Kigali, Addis-Abeba, Kinshasa pleurent. Un continent pleure.

Je n'ai pas connu la révolution. Mais j'ai trouvé un pays où, onze ans plus tard, les témoins toujours vivants de cette tragédie continuaient de se taire, pour ne pas être les prochaines victimes. Et le peuple, de chuchoter en aspirant à retrouver la parole.

Un président en Renault 5

La révolution n'a fait que passer. Depuis l'assassinat du président chéri, les tentatives amorcées pour encourager la consommation locale, comme le port du « faso dan fani », un habit traditionnel fait de coton brut, sont en voie de s'envoler en souvenirs. Les costumes occidentaux et les courbettes qui permettent à une poignée de gens de se sortir la tête de l'eau en s'appuyant sur celles des autres sont à nouveau de mise chez les nantis. Les Mercedes, 4x4 présidentiels et autres voitures de luxe ont repris leurs droits sur la route, balayant l'image d'un Sankara en Renault 5, au pas de course ou à bicyclette, comme tous les ministres et fonctionnaires de l'époque.

Après le coup d'État qui a mis le président actuel au pouvoir, la mère patrie a rapidement redoré le blason de ceux qu'elle voulait à la tête de ses anciennes possessions. Les hauts-placés étatiques sont à nouveaux maîtres et rois, regardant ailleurs lorsque le peuple s'arrache les miettes qui s'échappent du tourbillon de leurs excès.

Tout ça, je ne le sais pas encore. Pour moi, il n'y a ni avant ni après. Le temps et l'histoire m'ont abandonnée là, dans le présent et le quotidien perpétuel, entre Bokin et la terre du roi, empoussiérée, ensauvagée tels ces enfants à moitié nus dont la peau noire est comme poudrée de cendres par la sécheresse. Abandonnée aux miracles, à la grâce, comme ces enfants aux regards lumineux, qui n'appréhendent pas la vie mais entrent dedans de plein fouet à chaque instant, sans savoir encore qu'ils n'ont rien.

Les sorcières

Ma bicyclette, pourtant grinçante à souhait, est mon véhicule de liberté pour transiter entre Bokin et la terre du roi.

La découverte d'un raccourci dans le dédale des rues sans nom a mis sur mon chemin la mission catholique, lieu auréolé de trois flamboyants, arbres inutiles si ce n'est de leur fière allure et de l'agréable parasol créé par leur forme. C'est sous l'un d'eux que j'ai rencontré le père Julien, yeux bleus délavés, chevelure blanche ébouriffée et franche poignée de main. Le missionnaire aguerri, reconnaissant l'accent de son pays où il n'a pas mis les pieds depuis belle lurette, tient à me faire visiter la mission.

Une fois à l'intérieur du bâtiment, je suis déboussolée par la fraîcheur de l'air. Je n'ai pas ressenti de frissons de froid depuis longtemps. Le ruissellement et la sudation sont mon nouvel état permanent. Après la tournée des locaux, en m'invitant à m'asseoir dans une confortable chaise pendant qu'il prépare le café, le père Julien m'avise que la mission a été attaquée plusieurs fois avec cagoule et revolver. Comment pourrait-il en être autrement d'une enclave où l'on trouve machine à café italienne, biscuits au chocolat et eau glacée ? Toute une vie à mâchouiller de la chèvre coriace et à se sustenter de bouillie de mil peut donner des idées lorsque le moindre luxe se glisse jusqu'à nous. Pourtant, à part la climatisation sporadique pour alléger leurs vieux jours de l'air suffocant, le café et les biscuits, les Pères en poste ont vraiment fait vœu de frugalité. Les caisses sont vides et ils en sont presque venus à s'habituer à leurs voleurs, qui repartent à tout coup bredouille, presque en s'excusant.

Une fois mon café terminé, le père Julien m'entraîne vers ce qu'il appelle le bâtiment des sorcières.

S'il faut une patience d'ange pour faire pousser quoi que ce soit sur cette terre de sable et de cailloux, un miracle semble s'être produit à l'intérieur de cette enceinte, là où les missionnaires ont recueilli une quarantaine de femmes chassées de leur village sous d'obscures accusations. Alors que tout se dessèche à l'extérieur, que les chèvres laissent voir leurs côtes à travers la peau, laitues, concombres et feuilles de carottes verdissent nonchalamment dans le jardin, tandis qu'une multitude de poules courent autour de pamplemoussiers, manguiers, papayers auxquels pendent d'énormes fruits.

Devant des cases de terre séchée, aux toits de chaume, se tiennent de très vieilles femmes, seins nus, croix au cou et pour la plupart édentées. Je les trouve pourtant belles avec leurs petits yeux plissés, leur peau flasque et scarifiée. Elles remuent de grands bâtons dans d'immenses marmites de potion verte, une sauce aux feuilles de baobab, avec une vigueur étonnante pour des corps aussi frêles.

Les vieilles laissent voir leurs gencives en marmonnant à mon intention des paroles énigmatiques. Leurs sourires bienveillants me les rendent sympathiques malgré ce qu'on leur reproche. La plupart du temps, d'avoir mangé l'âme d'un enfant mort.

Broderies

À l'atelier, j'ai vent d'une histoire qui semble beaucoup préoccuper mes hommes, qui baissent la voix lorsqu'ils en parlent. Dans la capitale, un homme serait mort sous les mains de la garde présidentielle. Un employé du frère du président. Son chauffeur, si j'ai bien compris. D'autres employés auraient été torturés et porteraient d'affreuses brûlures. Les membres de la garde présidentielle sont en partie restés les mêmes depuis la disparition de Sankara, ajoute Yaya.

Je vois régulièrement dans la chambre du brodeur des exemplaires du journal fondé par son ami. Spécialisé dans le journalisme d'investigation, me précise un jour le brodeur. Au début, je ne m'y intéresse pas trop. Mais l'affaire du chauffeur assassiné semble prendre de l'ampleur : elle fait plusieurs fois la une du journal. À la deuxième page, on trouve toujours ce proverbe : *le mensonge a beau courir un siècle, la vérité le rattrape en un jour.*

Le brodeur a aussi un secret. Un parmi d'autres : il dessine des motifs magiques à l'échancrure des cols, aux pourtours des poches, au bas des pantalons. C'est monsieur Bonaventure qui l'a insinué. Selon lui, la broderie est une tradition très ancienne. Avant l'arrivée de la machine, dans les années 1960, on brodait à la main et le métier était transmis de père en fils – puisque ce sont essentiellement des hommes qui le pratiquent en Afrique – ou enseigné à l'école coranique.

Si elle protégeait autrefois de l'usure et solidifiait l'étoffe en des endroits fragiles, la broderie met de nos jours en valeur le vêtement et celui qui le porte. Mais elle cache aussi dans ses dessins géométriques des talismans censés protéger des influences néfastes. Bien peu de gens connaissent le langage superstitieux des motifs brodés, le sens de l'abstraction islamique, les arabesques, nées du rejet de la représentation de la réalité au profit de l'invisible. La vision de l'œil et celle de « l'œil de l'âme », me dit monsieur Bonaventure, en répétant ces deux termes en arabe. J'apprends aussi que la spirale isolée, par exemple, symbolise le chemin qui mène vers Dieu. Que le motif des « huit couteaux » offre une protection contre le mauvais œil. L'étoile à huit branches, symbole universel, a quant à elle une panoplie de significations : soleil, huit anges supportant le trône de Dieu, bonne fortune... Deux étoiles superposées évoquant les quatre éléments et les quatre points cardinaux. Je retiens surtout les huit directions de la boussole, comme autant de flèches pointant vers le chemin à suivre pour trouver le bonheur.

À l'atelier, le brodeur se garde bien d'aller sur ce terrain. Il a bien assez à faire avec sa réputation. À Bokin, on se méfie de lui. Un, il n'est pas du village. Deux, il parle peu. Trois, il brode des signes complexes dans lesquelles il peut enfouir n'importe quel sort. Mais il peut aussi vous protéger des ensorcellements ou de la maladie en piquant l'aiguille au cœur du tissu pour écrire ses phrases magiques.

Le brodeur dessine l'invisible et emmêle mon âme dans ses fils dorés. Je le soupçonne aussi d'être mêlé de plus près qu'il n'y paraît dans les affaires de son ami journaliste. Lui comme moi, nous nous cachons dans le ciel trop vaste de Bokin, parmi les étoiles.

Le baobab

J'adore les arbres. Je crois même que je vais finir ma vie sur une branche. Comme les arbres ne sont pas légion, je vénère encore plus ceux que je vois. En passant près d'un baobab majestueux qui m'offre ses grandes mains tordues, il me prend l'envie de m'arrêter pour tenter d'être seule quelques instants, une expérience quasi impossible à réaliser, ici. Peut-être en y grimpant?

En approchant de l'arbre convoité, je vois passer un groupe d'enfants qui poursuivent un ballon crevé qui n'a plus tellement d'élan. Kalifa est parmi eux. Il court vers moi en criant mon nom, laissant les autres à leur jeu. Comme toujours, il sourit en mettant deux doigts devant sa bouche, comme s'il tentait de cacher ses canines qui sortent un peu de sa rangée de dents parfaites. L'une de ses sandales de plastique blanc a perdu son fermoir et il boitille un peu. Je lui fais part de mon plan de grimper dans l'arbre, même s'il ne peut pas comprendre ce besoin de solitude, lui qui a grandi soudé à sa communauté.

Jamais à court d'enseignement pour la pauvre *nassara* ignorante que je suis, il m'explique d'abord qu'on enterrait autrefois les griots dans le tronc creux des baobabs, ces géants dont certains auraient, dit-on, jusqu'à deux mille ans. Traditionnellement inhumée avec bijoux et armes, la dépouille des gardiens de la tradition orale était drapée d'un tissu et introduite à l'intérieur. Je me suis toujours demandé pourquoi on m'empêchait de m'approcher de certains arbres.

Si je me suis faite à l'idée d'observer de loin les baobabs plutôt que d'y grimper, comme je le fais parfois dans le manguier de la cour d'Émilienne, je rêve d'observer de près l'éclosion de leurs fleurs, qui s'ouvrent au crépuscule pour se faner à l'aube et dont la pollinisation est assurée par les chauves-souris, m'explique encore le savant Kalifa, qui a la chance d'aller à l'école et d'être très curieux.

L'averse

Enfin. Le ciel se déchire et libère une ondée salvatrice.

J'entre dans la maison aux murs nus comme une naufragée, avant d'être posée délicatement par le brodeur sur une couche rêche... Tisser, démêler, emmêler ; broder, ratisser la chevelure, soigner le grain de la soie.

La pluie torrentielle nous garde à l'intérieur, pour une fois abandonnés à nous-mêmes derrière les volets clos de la maison humide. De longues heures se passent ainsi et le brodeur en oublie ses prières. On ne veut pas que la pluie cesse, surtout à cause des voisins qui n'entrent plus, de la boue qui empêche les pas tout autour. De la sécheresse qui n'est plus, pendant quelques instants, le lot des habitants du village.

Étendue sur un matelas de mousse, près du ciel, je me demande par rapport à quoi évaluer le lointain. L'axe de mon histoire a changé, le cœur de ce qui m'est devenu essentiel se trouve là où se trouvait auparavant mon bout du monde. Je m'approche encore plus près du ciel, trop près, au seuil de la nuit. Le brodeur de ses yeux de chat me surveille sans rien dire, prêt à intervenir, même s'il voudrait que je bascule avec lui.

Il me demande de lui donner quelque chose de moi, qui ne serait qu'à lui, quelque chose que je ferais là, sous ses yeux, à partir de brindilles de ce que je suis et que je construirais comme un nid où il pourrait se réfugier lorsque je ne serais plus là. Sur une page blanche, je lui dessine un pont, pour qu'il puisse traverser encore et encore vers moi.

Lire le ciel

Dans le ciel, il n'y a aucune trace de ce que nous sommes. Aucune trace de ce que nous avons été.

Nos pas jamais n'y glisseront. Nos ancêtres, où sont-ils ? Va-t-il pleuvoir ? se demande le vieux fou qui scrute le ciel pour y lire les signes annonciateurs du temps à venir. Il lit le ciel comme d'autres une carte géographique, maudit l'absence de nuages tout en s'excusant à Dieu au même moment de profaner avec ses doléances le ciel lisse que son créateur a étalé au-dessus de sa tête comme une toile qui le protège de l'autre monde. Une toile dont les moindres sursauts régissent le cours de son existence. Des nuages, d'un ciel obscurci se tire l'annonce d'une bonne récolte. D'un soleil constant, harassant, la sécheresse de la terre annonciatrice de famine.

Le vieux fou, c'est le père de Yaya. Il a un peu perdu la tête avec la vieillesse, mais ce qu'il sait de la nature, il l'emportera avec lui dans son linceul. Son fils n'a pas hérité de son savoir, lui qui s'intéresse plutôt aux femmes et aux belles étoffes. Le vieux a toujours eu la tête un peu dans les nuages, mais sait comment faire sortir du sol sa pitance.

Non loin de là, des avions bombardent le ciel du pays. De bonne guerre. Les engins volants ensemencent de cristaux de sel les nuages, qui n'arrivent pas seuls à rassembler les gouttelettes nécessaires pour se fendre en orages. Et *saaga*, la pluie en moré, tombe un peu plus souvent. Et même une fois des morceaux de glace. Les enfants se précipitent pour les sucer, comme des cadeaux du ciel qui les oublie trop souvent.

L'enregistreuse

Ce sont de vieilles femmes. Les femmes rencontrées il y a deux jours dans la case délabrée de leur association féminine, où elles fabriquent du savon en chantant : eau, potasse, huile, beurre de karité, malaxés dans de grandes bassines de plastique avec de longs bâtons de bois. De vieilles femmes, trois bonnes douzaines, vêtues de leurs plus beaux pagnes, de leurs boubous colorés laissant invariablement voir une épaule, même flétrie, de turbans surmontés de longs foulards aux couleurs vives à fleurs, à carreaux, à *paisley*. Beautés arides, lumineuses, édentées. Travailleuses sans repos. De vieilles femmes qui n'ont peut-être que cinquante ans et qu'on pourrait un jour accuser de sorcellerie pour se débarrasser d'elles.

Toujours faire attention à ce que l'on dit. Surtout ici, surtout lorsque notre peau diaphane attire les regards, les attentes et, inévitablement, les déceptions. *J'aimerais vous entendre encore chanter, fixer vos voix sur ma petite enregistreuse pour vous garder toujours avec moi, ne plus jamais quitter vos cases étouffantes comme un ventre maternel, votre village où les gratte-ciel ne sont*

pas près de cacher les étoiles, vos enfants qui man-
quent de tout mais pas d'air, d'horizon à perte de
vue, d'intérêt pour tout puisque presque tout leur
est toujours nouveau.

Pas de téléphone, pas de rendez-vous. Et toujours quelqu'un pour savoir où vous êtes et vous y
trouver. Alors, ces vieilles femmes, elles ont mis
deux jours à se préparer avant de venir se faire
enregistrer, enfermer leurs voix qui ont toujours
couru libres dans l'air doré. Selon le rendez-vous
qu'elles se sont elles-mêmes fixé : maintenant,
dans la cour d'Émilienne.

Pour une rare fois, j'y suis seule. Qu'offrir à ces
vieilles, comment expliquer à ces femmes qui ne
connaissent ni l'électricité ni l'eau courante, qui
regardent les avions qui fendent parfois le ciel
comme des mirages avant de baisser à nouveau la
tête vers la terre qu'elles creusent de leurs *dabas*
en priant pour la pluie, que leurs voix enfermées
dans la machine ne vont pas leur permettre de
faire fortune, de monter dans ces engins volants
pour aller au pays des gens qui font apparaître
des Bic, des cahiers, des habits, des médicaments,
même des mouchoirs de papier ? Après leur avoir
offert de l'eau – tout ce que j'ai sous la main mais
qui n'a rien d'insignifiant ici – et qu'elles ont bu
chacune une petite calebasse, un long silence. Le
temps d'entendre les oiseaux siffloter à travers

les branches du gros manguier, les serres des vautours griffer le toit de tôle, les pattes de la chèvre gratter le sol de la cour.

Au bout du silence qui ne gêne personne d'autre que moi, une femme se met à battre des mains en cadence. Les yeux fermés, longuement, avant de commencer à taper l'un après l'autre les pieds au sol en de petits mouvements saccadés. Bientôt suivie par une deuxième, puis une troisième, qui se placent au centre du cercle qu'elles sont en train de former. Elles constituent bientôt un orchestre de voix, de mains et de pieds. Un ensemble parfaitement en harmonie. Puis, tour à tour, elles sortent de leur vieillesse pour exécuter un petit pas solo, accélérant le rythme sous les encouragements des autres.

Au centre du cercle. Sans trop savoir comment, je m'y retrouve avec ma petite enregistreuse, battant des pieds, étourdie par les chants hypnotiques qui font monter vers le ciel, en polyphonie, une chanson aux paroles sans fin répétées. Des voix qui proviennent des ventres, des gorges, cognent le sol en même temps que les pieds et les mains. Je pense aux derviches tourneurs vus sur l'écran de monsieur Bonaventure. Je ferme les yeux. Et je tourne.

Derrière les fentes du mur de la cour, je n'aperçois pas les yeux des enfants curieux. Ni même, derrière la grande porte de fer, le brodeur de retour de la capitale, dans son grand boubou bleu, les cheveux rasés de frais.

Ombres

Black Soman: l'artiste local à la mode dans les fêtes. Synthétiseur à deux sous, voix grave et mélodie faussement joyeuse. Un air de fête trompeur. On danse innocemment sur des paroles qui dénoncent ce que le chanteur appelle «le système du vampire». «*L'acrobatie par laquelle il est passé mé donne la chair dé poule... ses mains sont tachées de sang.*» Époque bénie où je ne sais pas encore exactement de quoi il parle. J'arrive toujours au moment où les voix s'éteignent, deviennent chuchotements.

Mon esprit rôde de plus en plus autour de la maison aux murs nus quand je ne m'y trouve pas.

Au fil des jours, le brodeur refuse de plus en plus de se mêler aux autres. Un comportement rare et réprimé ici, à moins que l'on ne soit gravement malade. À chaque fête, nombreuses en cette période, il m'accompagne jusqu'au seuil de la cour et retourne vaquer à je ne sais quelles occupations, Black Soman en sourdine sur la sono défaillante qui envahit l'air de Bokin.

Je m'interdis bien sûr de prendre ma lampe de poche et de le suivre jusqu'à la sombre maison.

Je commence à développer mille et une superstitions. Devant moi se dressent des ombres qui m'ordonnent de me tenir tranquille.

Bout de bois

La voisine de l'atelier de couture, une femme voilée de noir de la tête aux pieds, bêche son jardin. Une autre passe, les épaules dénudées au-dessus de son pagne orange et bleu, un paquet de branches élevées en cathédrale sur le sommet du crâne. Je me dis que les lois de la gravité sont tout autres, ici.

Le vent se lève déjà. La journée ne sera pas calme. Il est midi et il fait un vent de fin de jour. De début d'une autre vie. Sur le terrain vague qui se transforme parfois en terrain de foot, deux chaises vides se font face, abandonnées sous le ciel menaçant.

Nous trouvons refuge dans l'atelier de couture, habituellement vide à cause de la chaleur. Les machines posées à l'extérieur sont rescapées de justesse et ruissellent comme des poissons fraîchement sortis du marigot. Le vent espiègle a déroulé leurs bobines de fil, ramilles dorées qui font la renommée du brodeur. Collés les uns aux autres comme ça ne se fait pas, nous bavardons à voix basse, comme si l'orage avait le pouvoir de nous arracher nos secrets.

Je m'empêche de saisir la main qui m'aide à éviter les trous nombreux sur la route, la nuit.

Peu bavard, le brodeur aime pourtant rire et lance à la ronde des blagues à l'intention de l'un ou l'autre des convives improvisés, habitués de l'atelier ou passants pris au dépourvu par la pluie qui s'était laissée désirer. À un moment, la langue change naturellement pour inclure ceux qui ne parlent pas le français. Les blagues que je ne comprends plus glissent sur moi comme l'eau sur le dos d'un canard. *Le bout de bois a beau tremper dans l'eau, il ne deviendra jamais caïman.*

Cœur tomate

Les parties de cartes au clair de lune me permettent de mieux connaître mes frères et sœurs de la colline, les enfants de mon vieux père. Ici, le pique est picot, le trèfle est arachide et le cœur, tomate.

Rasmané m'explique quelques jeux, comme « mariage », « mille » ou « faute à moi ». Il n'y a que Rasmané qui ose s'adresser à moi en français, mais ce soir, Firmin, un de mes petits frères qui parle le moins, tente quelques mots. *La lune est notre lumière à nous, la nuit. Beaucoup de lumières, sé vous ?* Il répète aussi que sa mère préférerait marcher jusqu'à Bobo plutôt que de monter dans une voiture, ou pire, dans un avion. *C'est*

comment, l'avion ? On se sent comme un zoiseau ?
Ce qu'il voudrait voir, ce sont toutes les lumières
d'une ville vues d'en haut, dans l'avion. J'aimerais
lui dire, *un jour, je t'amènerai.*

Abibou chante, comme toujours. Son sourire
craquant illumine la soirée et brille dans la lueur
de la lampe-tempête. Elle ne connaît pas les jeux
de cartes et ses frères se comportent comme si
elle ne pouvait pas comprendre. *Un zour, z'ira à
l'école,* dit-elle en s'enfuyant.

Picot, arachide, tomate. Mais le carreau reste
carreau.

La noix de cola

Mon vieux père a vécu toute une vie à la lumière vive du soleil toujours au zénith, de plus en
plus brûlant. À la lumière, la nuit, du feu qui
éclaire doucement les visages, écarte les peurs
tapies dans l'ombre. Toute une vie les reins bri-
sés, le dos courbé, la voix enrouée par la poussière. Il est grand et sec, et sa bonté inquiète
semble infinie. Sa philosophie est simple : semer
au lieu de se plaindre, voir à ce que tous aient le
ventre plein. Et quand la récolte est bonne, danser pour célébrer le fait que l'on a des pieds. Sans
oublier d'honorer ses ancêtres, sans quoi la pluie
pourrait bien s'arrêter de tomber.

Certains jours où je disparais chez le brodeur, à Bokin, je le vois surgir devant l'atelier, monté sur sa bicyclette du haut de ses soixante-dix ans. Il en descend et pose alors solennellement son grand chapeau peul, un chapeau conique fait de vannerie et de lanières de cuir, sur sa poitrine, tout sourire en exhibant dents et gencives rougies par la noix de cola. Nous ne nous comprenons pas, mais ses yeux doux et son ample gesticulation ont tôt fait de me ramener au bercail. Nous franchissons ensemble les kilomètres séparant Bokin de la terre du roi en lançant d'abord en écho des mots qui ne trouvent de signification ni chez l'un ni chez l'autre. Puis nous finissons par nous taire et il ne reste que le bruit de sa bouche recrachant les morceaux de noix de cola qu'il mâchouille sans relâche.

Le journal

Yaya, de retour de la ville, descend triomphalement de l'autobus qui le ramène à Bokin. Ses lunettes fumées masquent son regard mais son sourire ne ment pas. Il a fait de bonnes affaires dans la capitale. Son sac dans une main, un journal dans l'autre, il marche vers l'atelier de couture dans la traînée de poussière provoquée par les roues de l'autobus. « Bonsoir », lance-t-il à la ronde, même s'il n'est que trois heures de l'après-midi. La nuit commence tôt, ici.

Au passage, je saisis le journal qu'il a à la main. Le fameux journal indépendant de l'ami du brodeur. À la une, encore des développements dans l'affaire du chauffeur mort durant sa détention par la garde présidentielle.

J'ai le temps de lire en biais avant que Tonton ne m'arrache la copie des mains pour s'en faire un éventail. Ce journaliste qui se mêle des histoires d'État et n'hésite pas à traquer dans les sphères présidentielles ceux qui se croient intouchables et regardent le peuple du haut de leur palais m'intrigue.

La médaille

Au fond d'une case, je trouve un vieux dont m'a parlé Yaya. Dans la pénombre, je distingue la sueur qui perle sur son front, les vieilles mains tremblotantes. Mais surtout, la médaille qui brille sur la veste kaki, devenue trop grande pour l'homme dont les muscles ont fondu avec les années. Un vétéran de la « force noire ». Un tirailleur sénégalais. Non, un tirailleur burkinabé, même si l'expression n'est pas consacrée et qu'on appelait tirailleurs sénégalais tous les soldats qui ont servi de chair à canon au nom de la France durant les deux Grandes guerres, la guerre d'Indochine ou celle d'Algérie. Je le salue avec déférence en moré, tenant longuement sa main râpeuse entre les miennes pour remplacer l'échange de regards, puisque ses yeux ne voient presque plus. L'impression de me trouver devant une page d'histoire écrite dans une langue que je ne maîtrise pas.

Sa femme entre dans la case et s'assoit en silence près de lui, immobile. Puisqu'on m'a dit que le vieux soldat parle un peu français, j'essaie d'entamer la conversation. Vous savez, mon grand-père aussi a fait la guerre... Il répond par de faibles hin hin, hin hin. *Ya souma.* C'est bien. *Ya souma.*

Je me sens idiote d'avoir apporté mon appareil photo. Ramener son image comme un trophée de l'autre côté de l'océan, j'étais là, j'ai vu, un tirailleur de la dernière guerre qui lui ne me voyait pas ? Qui a attendu toute sa vie la pension promise pour avoir servi dans l'armée coloniale. Voler l'image de ce vieil homme dépossédé, vestige colonial qui n'a plus que la peau sur les os, tremblant de chaleur au fond de sa case où aucun président français ne l'a jamais visité ?

Je me sens comme un imposteur. Je ne sais plus si j'ai le droit d'être là, de me promener avec insouciance, alors que la plupart des gens luttent pour leur survie. Je ressors de la case la larme à l'œil, ne sachant trop ce que j'ai à offrir à ce vieux qui s'accroche à sa médaille comme à une gloire unique, éphémère et à jamais passée.

Le margouillat

Un lézard lève sa petite tête curieuse vers moi. Un margouillat, on m'a dit. Est-ce celui qui loge dans ma case et arpente les murs la nuit ? Lui aussi se questionne : est-ce la Blanche maladroite qui ne sait rien faire comme les autres ? N'est-elle pas déjà assez visible, qu'on la reconnaîtrait du bout de la colline, même à hauteur de reptile ?

J'ai le sentiment intriguant que tous voient ce que je ne peux pas voir. Que nos compréhensions des choses ne se complètent ni ne se rejoignent mais volent l'une au-dessus de l'autre sans se frôler, se regardant avec amusement.

Dans les yeux du lézard, je vois que même si je reste ici cent ans, je serai toujours aussi blanche, aussi *nassara*. Ici, il faut accepter d'être un parmi d'autres, remplaçable. Être comme tous plutôt que de vouloir se démarquer.

Je me rends tout à coup compte que c'est justement ce qui me plaît le plus ici, n'être qu'un individu parmi d'autres, des millions, des milliards, infiniment remplaçable mais aussi totalement nécessaire, au même titre que la beauté de ce ciel couvert d'étoiles a besoin de chacune d'elles pour être un tout admirable.

De si loin, je vois ma terre natale comme un vaste continent, l'Amérique. Plus de quartier, de ville, de métropole, de province, de pays. Je viens de là. Un point sur un vaste continent. Rien que de là, mais pas moins. Une composante sur une infinie constellation. Et ici, dans la brousse, je me situe sur un point précis, plus que jamais dans l'instant. Quoi de plus précis que l'instant ?

Comment être autrement que dans le présent, ici où l'éternité passe plus lentement ?

Un pneu crevé sur un clou, un président élu à vie, un enfant qui a avalé un caillou : les tracasseries du quotidien ici, loin des miennes. Depuis longtemps, à la radio, on n'a pas entendu la musique militaire, le signe qui ne trompe pas pour la population que le pouvoir a changé de mains. Des mains qui ne seraient pas tachées de sang.

Venger la mort de Thomas Sankara : un mantra inscrit dans les veines de centaines de milliers d'Africains. J'ai bien vu quelques photos du héros national, mais étrangement, le sujet reste tabou. Je suis bien trop occupée à déchiffrer les sourires, les claquements de langue, comprendre les regards, déjouer les silences, pour savoir qu'un homme, depuis onze ans, n'en finit plus de tomber sous les balles, au ralenti. De mourir pour sa patrie. Qu'un autre, un journaliste, s'apprête à tomber sous les mêmes balles. Que tous deux ont annoncé leur mort et que le monde entier, témoin, a laissé leur sang couler et leurs assassins impunis, complice muet d'un sous-développement entretenu.

De mon côté, dans le dénuement, j'avais trouvé l'abondance.

Le soleil qui se donne sans retenue. L'eau précieuse à verser sur soi à partir du seau. Des rires heureux d'un rien qui dévalent en cascades, frappent les murs de boue, les toits de tôle, les parois des puits et vont se perdre dans la brousse, rattrapés par les génies qui s'en font des colliers invisibles. Une beauté qui ne cherche pas à être consommée, à peine consciente de la vue qu'elle offre.

Dans le dénuement, j'ai trouvé l'abondance. À la différence que je peux, moi, repartir quand je le veux.

Le chant des oiseaux

Je me retrouve un jour devant une vieille en pleurs et en sang. Le père Julien et sœur Philomène, la responsable du centre qui recueille les « sorcières », viennent de la trouver aux abords de la brousse. Elle venait d'y passer trois jours et trois nuits, avec comme seule compagnie le chant des oiseaux. Dans son village, non loin de Bokin, deux enfants étaient morts d'une maladie mystérieuse. On ne pouvait laisser faire le mystère : il fallait trouver un coupable, afin d'éviter que l'être qui mangeait ainsi les âmes pour s'attribuer leur force ne fasse d'autres victimes.

Les vieux ont pour trouver le fautif une méthode jugée infaillible, car elle est surnaturelle : le port de cadavre. Guidé par des forces invisibles, le cadavre, porté par deux ou quatre hommes initiés, est censé se diriger tout droit vers la personne responsable de sa mort.

La vieille a été désignée, sans doute victime d'un règlement de compte. On l'a d'abord battue en bonne et due forme, à coups de pierres, de bâtons. On a ensuite détruit son champ et interdit à quiconque de lui adresser la parole, de lui vendre ou lui procurer de la nourriture. Désormais, elle n'était plus rien ni personne. Un animal, une pierre, un excrément. Une sorcière.

Son visage tuméfié et son pagne déchiré témoignent des sévices. Sœur Philomène l'accompagne maintenant dans l'enceinte des sorcières, là où vivent en petite communauté soudée des semblables qui ont subi le même sort, bannies pour toujours de la vie qu'elles avaient toujours vécu, sans famille désormais. Toutes des femmes, bien qu'il arrive à l'occasion qu'un cadavre désigne un vieux, souvent tué par ses propres enfants ou abandonné à son sort jusqu'à ce qu'il meure de faim et de soif. Selon un adage, « la mère du chef n'est jamais sorcière ». Parmi ces femmes, on ne trouve évidemment pas de femme de ministre ou d'épouse de riche homme d'affaires. Que des femmes vieilles, pauvres, inutilisables. Qui ont eu le malheur de voir un mari, un frère, un enfant mourir sans cause apparente.

Je demande à sœur Philomène de les accompagner, émue par cet être décharné exclu de sa propre existence par la folie des hommes. Dans leur prison à ciel ouvert, les sorcières affichent pour la plupart un sourire résigné qui cache une immense lassitude. Un détachement face à ce monde, auquel elles n'appartiennent plus tout à fait.

La nouvelle venue s'appelle Balkissa. Elle pose dans un coin ce qu'elle a pour tout bagage, un bout de tissu noué sur de maigres trésors, vestiges d'une vie qu'elle ne retrouvera plus jamais. Puis s'allonge sur une natte et s'endort immédiatement, rêvant peut-être aux oiseaux qui lui ont tenu compagnie dans la brousse.

Barrage

Un ciel pâle, une lumière ardente. Au barrage d'Imiougou, les zébus continuent de s'abreuver

avec indolence, découpant l'horizon de leur silhouette cabossée. Des femmes transportent sur
leur tête des bassines de métal pleines de vêtements à laver. D'autres offrent en bordure de
route du *dolo*, de la bière de mil, à boire dans une
calebasse rapiécée. Une fillette accourt avec dans
une main une branche de raisins sauvages.

Je me rends avec le père Julien à l'hôpital.
Émilienne a foncé en mobylette sur un cochon
qui traversait la rue, la nuit.

Dans la cour du dispensaire, une chèvre
contourne une seringue qui traîne sur le sol, pré-
férant s'intéresser à un gant de latex déchiré
qu'elle mâchouille en me regardant de ses grands
yeux liquides. On chasse un porc qui a fait irrup-
tion par la grande porte, ouverte en permanence
pour faire circuler l'air. Sûrement pas celui qu'a
percuté Émilienne : à voir son état à elle, le cochon
est probablement déjà braisé.

Son visage est sérieusement abîmé. Des ban-
dages recouvrent sa tête, son menton. Un bras
cassé. Ici, on apporte à manger aux malades. Sa
sœur a déposé dans un coin de la pièce un grand
bol métallique recouvert d'un tissu imprimé noué
sur le dessus. Des haricots pilés, que nous parta-
geons avec elle en la nourrissant de boulettes
façonnées avec la main, avant de repartir pour la
laisser se reposer.

Au loin, le bruit des *dabas* rythme le temps qui s'écoule lentement. Les *dabas* qui se plantent dans le sol à la cadence des cœurs qui battent. Un battement, un coup à la seconde, un temps en danse, en musique. Et entre deux temps un silence tout aussi important.

La vie se débat pour émerger du chaos apparent qui n'existe que dans l'oeil du visiteur. Car tout est défini, réglé, sans que cela paraisse au premier regard. Les millénaires passés se sont chargés d'établir un mode d'emploi quotidien et une hiérarchie qui poursuivent un seul but : la survie de la race.

À la « maternité », une très jeune fille au ventre plein est allongée à même le sol. De la salle d'attente à ciel ouvert, j'entends des cris au fond d'une pièce, que j'imagine tout aussi suffocante que celles traversées tout à l'heure. Deux femmes assises sur des nattes agitent leur éventail plus fort à chaque cri, comme s'il avait le pouvoir de calmer la douleur.

La vie se débat pour émerger du ventre de cette très jeune fille dont les cris se perpétuent depuis des temps immémoriaux, ramènent du chaos à la vie.

Dans le couloir, une infirmière traîne les pieds et fait claquer ses sandales. Elle s'arrête devant une vieille assise par terre et lui demande de cesser de cracher les éclats de noix de cola rouge qu'elle mâchouille. Le père Julien me signale que nous sommes dans l'aile psychiatrique. Par le trou de la fenêtre, je vois dans la cour intérieure un homme à moitié nu, enchaîné à un arbre par la cheville.

Au retour, la vision de l'étendue d'eau du barrage m'apparaît comme un baume. Il y a toujours pire, il y a toujours mieux. Le ciel s'éteint ici d'un coup, mais le lendemain il y a toujours quelqu'un qui chante à l'aube.

La princesse Yennenga

J'essaie de ne pas réfléchir à ce qui se passera après. Le Sahel m'a appris à me contenter du présent. J'avance, un pas, deux, trois pas. Lentement. Pourvu qu'il y ait de l'eau. L'amour et l'eau fraîche, un état emblématique dans un pays menacé de devenir un désert. Dans le noir, le brodeur prend ma main et ça me suffit; je ne me pose aucune question. Je sais maintenant que ce n'est pas pour m'empêcher de tomber dans un trou sur le chemin cahoteux.

Mon temps à l'atelier de couture s'écoule comme des grains d'or dans un sablier, autour des machines rutilantes, dans l'ombre des hommes qui essaient d'être modernes. Je sais que le bout

de bois qui trempe dans l'eau ne devient pas caïman, mais je peux maintenant réciter par cœur
l'histoire de la princesse Yennenga, à l'origine du
royaume des Mossis. Je peux m'inventer des ori-
gines, moi à qui on a à peine appris l'histoire de
son pays.

*L'histoire du peuple mossi est étroitement liée
au cheval. Au douzième siècle, un roi régnait sur
un royaume prospère, mais sans cesse attaqué par
les peuples voisins. Le roi combattait sans relâche
et sortait toujours vainqueur des batailles qu'il
menait. Il attribuait en grande partie ses victoires
à l'aide de sa fille, Yennenga, qui vivait en ama-
zone, montait à cheval et maniait les armes mieux
que tous les hommes.*

*La fille du roi était tellement précieuse pour son
peuple et pour son père que ce dernier ne pensait
même pas à la marier. La reine-mère en souffrait
beaucoup. Un jour, pour attirer l'attention du roi,
elle sema un champ de gombos, le laissa mûrir et
dépérir sans rien récolter. Le roi s'en étonna et demanda la raison de ce geste. «Si on n'enlève pas
le fruit mûr, il durcit ou il pourrit sur l'arbre»,
répondit la reine au roi, qui fit semblant ne pas
saisir l'allusion.*

*Lors d'une nouvelle attaque, la princesse ras-
sembla les guerriers, décida de contre-attaquer et
captura le chef de guerre ennemi. Sur le chemin du
retour, le cheval de la princesse s'emballa et courut*

jusqu'à une rivière inconnue, entraînant la princesse dans la rivière.

Un chasseur de fauves, du nom de Rialé, accourut pour la sauver. Tombés sous le charme l'un de l'autre, ils ne tardèrent pas à engendrer un garçon qu'ils nommèrent « Ouédraogo » en souvenir du cheval qui leur avait permis de se rencontrer.

Au retour de la princesse, le roi accepta Rialé comme gendre. Le couple demanda à quitter le royaume et le roi leur offrit trois cent sujets, avec lesquels ils fondèrent le royaume de Tenkodogo.

Le nouveau roi Ouédraogo eut à son tour deux fils, dont l'un se dirigea vers le nord et chassa les Dogons, qui migrèrent vers le Mali, pour créer son propre royaume. Le second fils resta dans le royaume de son père et le consolida.

Cette histoire est transmise de génération en génération par les griots.

De mon côté, je ne peux pas remonter très loin dans ma généalogie. Tandis que Yaya et tous ceux qui portent le nom du cheval à l'origine du royaume des Mossis, ce peuple fier que je côtoie, en connaissent tout grâce aux griots, ces êtres de mémoire qui emmagasinent les lignées et les histoires, relatent les exploits et les failles, parlent de la vie et de la mort. Ce peuple s'enorgueillit de la bravoure de ses ancêtres guerriers. De celle d'une guerrière, Yennenga, même si dans la vie quotidienne sexe fort et sexe faible sont bien tranchés. Ainsi, aucun homme ne peut cuisiner : le seul fait de s'approcher des trois pierres qui soutiennent la marmite durant la cuisson au bois peut, croit-on, faire perdre sa virilité à un homme.

Le poussin

La collation ne fait pas partie du vocabulaire sur la terre du roi. En bas de la colline, à Bokin, on peut trouver des marchandes de beignets ou des jeunes filles qui déambulent avec un plateau d'arachides sur la tête. Mais ici, on mange bien aux repas, un point c'est tout, dans le grand bol commun rempli de ce que l'on trouve de plus consistant, des haricots, de la pâte de mil ou de maïs, du riz, avec de la sauce gombo, oseille ou baobab. Ce serait un euphémisme de dire qu'aux mets raffinés on préfère ceux qui remplissent. Entre les repas, mon petit estomac se sent délaissé et crie son désespoir d'un jour revoir la variété auquel il est habitué. J'ai faim, d'une faim différente de celles que l'on ressent lorsqu'on est environné d'une multitude de choix de menus. Un jour, je dévisage même autrement les poussins qui déambulent avec une belle naïveté, inconscients des instincts de chasseresse qui surgissent en moi, qui n'ai jamais eu à tuer pour manger.

Le président dans son palais a-t-il jamais eu envie de croquer dans un poussin? Depuis la disparition de Sankara, il semble immergé pour de bon dans cet autre versant du monde qui a bien réfléchi au fait que la planète ne pourrait pas contenir les débordements et les besoins insatiables de tous les humains si la planète entière adoptait le train de vie occidental. Si tous les Africains, les Indonésiens, les Indiens et les Chinois se mettaient à rouler en voiture, à manger à tous les repas de la viande, à prendre l'avion à tout bout de champ pour des vacances brèves à l'autre bout de la terre. Ceux qui ne connaissent que ce mode de vie ont depuis longtemps vu la faille, prévu le coup. Il n'y en aura pas pour tous. Il faut coûte que coûte maintenir le régime des milliards de gens qui mangent quotidiennement du riz, de la bouillie et des haricots et ne pas leur laisser le loisir de se poser des questions. Que le choix ne se pose même pas entre le prochain repas ou l'instruction.

La chambre

Le vent tourbillonne. Tout est en place pour un autre grand spectacle. «Ennuyant comme la pluie», personne n'oserait dire ça au Sahel.

Je rejoins vite le brodeur dans sa maison. Des traits parfaits descendent bientôt du ciel et nous mettent à l'abri du monde extérieur.

La chambre est devenue notre extension, le seul lieu où nous pouvons exister pour ce que nous sommes vraiment, deux naufragés qui plongent l'un dans l'autre à chaque nouvelle pluie. Comme des aveugles, s'abreuvant à tâtons de tout ce qui les sépare.

Aucune lumière ne filtre à travers le volet fermé. Le chant des cigales palpite comme un battement de cœur dans la chambre qui exhale une odeur de terre mouillée et d'épices. Nous sommes allongés côte à côte sur la couverture de coton brut recouvrant le mince matelas posé à même le sol. Soudain, la porte jamais verrouillée est enfoncée avec force. Dans la pénombre, deux yeux immobiles nous fixent. Le brodeur se lève lentement pour raccompagner dehors l'intrus : un bélier égaré, aussi surpris que nous de se trouver là. Puis, il referme la porte sur notre monde, en priant pour que dure longtemps la pluie.

La capitale

Je ne suis pas retournée dans la capitale depuis mon arrivée. Mais j'ai souvent vu le voisin de cour d'Émilienne, monsieur Bonaventure, se préparer longuement pour le voyage à motocyclette. Il prend d'abord soin d'attacher tous ses bagages bien serrés avec de la corde à l'arrière du siège, s'habille en vue de protéger son corps du vent et de la poussière, en particulier sa tête qu'il enrubanne à la manière des Touaregs, ne laissant voir que les yeux, qu'ils couvrent d'énormes lunettes fumées à montures argentées. Il pose un gros bidon d'eau sur le marchepied, entre ses jambes, comme un trésor précieux qui ne doit tomber de sa monture sous aucun prétexte. Il ajuste son rétroviseur au reflet fissuré en deux, accroche aux cordes des bagages une ou deux poules vivantes, tête en bas, reçoit les vœux de bonne route des gens de la cour avant de s'asseoir enfin sur le large siège fendillé. Puis il démarre dans un vrombissement, sans casque, escorté à la course par Bandit et une horde d'enfants en haillons jusqu'à la route terreuse qui mène à la capitale.

À mon tour aujourd'hui de prendre place sur le banc fendillé, derrière monsieur Bonaventure, qui m'emmène visiter sa famille et faire provision de quelques produits introuvables à Bokin, c'est-à-dire à peu près tout. Dans un coin de ma tête, l'idée bien fixée de retrouver en ville le brodeur, absent de Bokin depuis deux semaines. Une éternité.

La route nous avale. En bordure du chemin, une vieille à moitié nue mange de la terre à pleines mains. Des enfants, des femmes surgissent de nulle part pour vendre les quelques produits en équilibre dans une bassine sur leur tête. L'empressement et le regard traduisent le désespoir des petites marchandes de ne pas vendre au moins un œuf, un sachet d'eau, un fruit amer.

J'arrive de jour dans la capitale après des heures de route au grand vent, accrochée au champion de Scrabble. Tous deux enturbannés et munis de grosses lunettes fumées.

À rebours, je revois mon arrivée, de nuit, à l'aéroport de Ouagadougou. En sortant de l'avion, marcher sur la piste, dans la chaleur sèche, poignante, qui vous prend à bras le corps. De petits points de lumière à l'horizon. Devant moi une femme au voile blanc qui ouvre grand les bras comme pour mieux goûter l'air du pays. Après les formalités de la douane, les regards mouillés des policiers dans leurs uniformes trop grands à épaulettes. Les rues de la ville à peine goudronnées. Des charrettes, des vélos, des mobylettes. Quelques voitures. Tout un monde qui continue de s'activer sous les lampes à pétrole. L'odeur du charbon de bois, du thé à la menthe, des brochettes. Des excréments. Une musique gaie qui ronronne en sourdine sur les transistors.

Je retrouve avec plaisir ce joyeux brouhaha. Les chèvres, les chiens, les cochons qui disputent la rue aux piétons et aux véhicules motorisés. Les affiches peintes à la main illustrant les dernières coupes à la mode, les coiffeurs qui opèrent leur commerce en pleine rue. Les vendeurs assis à même le sol, accoudés contre une pile de tissu, ou étendus sur des nattes devant des étals de médicaments sans étiquettes, de strings, racines, colliers, queues d'animaux, encens, piments, mangues, soutiens-gorge, ventilateurs...

Après une visite à la famille de monsieur Bonaventure, je décide de trouver le bureau de l'ami journaliste. Ma seule piste vers le brodeur en ville. Le journal est assez bien connu, c'est ma chance : je trouve vite un taxi déglingué qui m'y amène, non sans avoir fait une crevaison en chemin. Devant la rédaction, annoncée par un panneau au lettrage discret, je trouve un gardien endormi. En apparence, du moins, puisqu'il me demande ce que je veux dès mon approche, les yeux mi-clos. En hésitant un peu, je lui demande s'il connaît le brodeur. Lui, sans hésiter, m'indique le maquis en plein air où il doit être à cette heure. Il me trouve même un accompagnateur, un adolescent muet qu'il charge de m'y conduire à mobylette.

En cette fin de journée, un troupeau de mobylettes semblables s'est emparé de la route, valse avec la poussière, contourne les quelques voitures, la horde de cyclistes et de piétons, les ânes trottinant. Il y a de tout, des hommes agrippés, l'un au guidon, l'autre au conducteur, le nez et la bouche couverts de masques chirurgicaux, des femmes élégantes derrière leurs grosses lunettes fumées, bébé au dos et foulard au vent, des parents qui trimballent un ou deux enfants, autant que le siège peut en contenir. Règle générale ici: empiler, entasser, remplir autant que faire se peut tout ce qui est transportable, à pied, sur roues ou par engins motorisés. Pas de gaspillage, on remplit tout jusqu'au dernier centimètre carré, humains, animaux et marchandises confondus.

Le gardien nous a donné de longues indications plus ou moins précises, notées rapidement dans mon calepin, avec lesquelles on doit se débrouiller dans les quartiers qui n'ont souvent pas plus de numéros de porte qu'à Bokin. *Après le goudron, tourner à droite au premier forage. Continuer tout droit jusqu'au rond-point, puis prendre à gauche. Après la série de maisons en construction, prendre l'allée à droite après le portail bleu. Ensuite, continuer jusqu'au deuxième puits, dépasser l'épicerie du Malien et ...*

Nous avons croisé le deuxième forage, mais l'épicerie du Malien n'est toujours pas en vue. Nous roulons sur un terrain vague depuis un moment. N'y voyant que quelques chèvres égarées, je tape sur l'épaule du muet, qui me fixe dans le rétroviseur fissuré. Je lui fais signe avec ma main de s'arrêter. Je tente de lui faire comprendre que nous devrions demander notre chemin. Je lui lis la suite des indications du gardien. ...*dépasser l'épicerie du Malien et tourner à gauche, puis encore à gauche à la dernière maison au portail marron, là où la dame vend des beignets.*

Je gesticule tout en parlant très fort, mais je me rends compte qu'il est muet, pas sourd. Il prend gentiment mon calepin et m'écrit, dans un français impeccable : LE MALIEN A QUITTÉ LA VILLE ET LA DAME NE VEND PAS DE BEIGNETS AUJOURD'HUI. JE SAIS OÙ JE VAIS, MERCI.

Je remonte, en confiance, derrière le muet, et me laisse guider à travers la ville sous les derniers feux du jour.

Après ce slalom vertigineux, je trouve à la nuit tombée le brodeur attablé seul au maquis indiqué par le gardien, sous le flash d'un néon rouge et vert. Surpris, il ne dit rien mais sourit en me serrant longuement la main. *Tu es amoureuse de lui ?* me demande la serveuse – une Togolaise qui dit avoir les yeux bridés parce que sa maman mangeait trop de piment durant sa grossesse – en apportant les « sucreries », deux Fanta orange tièdes. Je regarde mes pieds comme les femmes du pays et elle repart en riant derrière son minuscule comptoir.

Nous passons la nuit dans une chambre improvisée attenante au bureau de l'ami journaliste, qui y dort lorsque son travail le mène jusqu'au petit matin. Il est ce jour-là « en mission » à l'extérieur de la ville. Je ne pose pas de questions : je ne sais pas où habite le brodeur, pourquoi il fuit sans arrêt. Mais je sais qu'il a une femme qu'il n'aime pas, un enfant qu'il aime, « pas de courage » pour le deuxième et qu'on n'est pas contents de lui. Pas de questions sur les affaires du journaliste non plus, bien qu'elles brûlent ma langue.

Vers huit heures, nous sommes réveillés par le bruit métallique d'une vieille dactylo. Une secrétaire hébétée nous regarde sortir de la chambre. Nous marchons dans la lumière crue jusqu'à un petit kiosque où un vieillard souriant vend en bordure de rue du thé Lipton et du Nescafé. Le brodeur tient ma main.

Je ne me retourne jamais après avoir quitté le brodeur. Je sens pourtant ses yeux sur moi aussi fortement que les doigts lorsqu'ils touchent la braise.

Un taxi vert cabossé me mène jusqu'à monsieur Bonaventure pour rentrer à Bokin. Avec lui, je découvre au centre de la capitale une oasis : un supermarché climatisé tenu par un Libanais à l'accent ivoirien, qui ajoute des « o » à la fin de la moitié de ses mots. Une oasis où je vois comme dans un mirage des yaourts frais, des camemberts, des jus de fruits glacés, des laitues d'un vert intense. Je décide de ramener une pleine cargaison de victuailles : je vais offrir un festin dont la concession de mon vieux père se souviendra. La mobylette de monsieur Bonaventure n'a qu'à bien se tenir.

En sortant de la capitale, nous croisons des Touaregs. Le visage fouetté par le vent et de moins en moins blanc, je les regarde arriver de loin sur leurs montures, des dromadaires à la tête haute, l'air dédaigneux. Ils viennent vendre en ville le fruit de leur minutieux travail, de la maroquinerie, des boîtes ornementées, des bijoux finement ciselés.

Le désert avance et avec lui les nomades, élargissant leur territoire. Eux qui savent résister au temps, au vide, s'abandonner au divin dans la vastitude muette. Leur savoir-faire, immense, tient pourtant sur le dos d'une chamelle dont le lait piquant et onctueux désaltère lorsqu'il n'y a pas l'ombre d'un vent. Enturbannés, ces êtres sans âge survivent à tout avec de petits riens, comme le thé sucré que l'on étire, d'un verre à l'autre, qui passe de main en main, de bouche en bouche, en signe de partage.

Les garçons, devenus adultes, reçoivent un voile dont ils se couvriront le reste de leurs jours. Leur tête ne sera désormais nue qu'au coucher et il restera toujours sur leur peau un peu de la trace bleue de l'indigo, la couleur de leur monde, le ciel au-delà de l'horizon.

Dans le désert, la nuit, ils acceptent de se laisser orienter par les étoiles. Bokin, où je retourne, n'est que le seuil du désert où je me laisse guider.

Le festin lent

La mobylette, surchargée, peine à escalader la pente qui mène à la terre du roi. Ma cargaison a subi de longues heures sous le soleil. Arrivée à ma case, je découvre piteusement les feuilles de laitue ramollies, le camembert coulant, les jus de fruits au bord de la fermentation. Il n'y a que les biscuits et le chocolat, couché sur le bloc gelé de la glacière improvisée – une boîte de styromousse qui a assurément servi au transport de poissons –, qui ont tenu bon.

J'appelle tout de même Rose, la doyenne des femmes de mon père, pour lui montrer mon butin. Elle appelle à son tour Mariam et Nati à la rescousse, visiblement déconcertée par ces choses emballées dans du papier métallique ou coloré. Rasmané, parti aux champs, n'est pas là pour traduire et je dois me débrouiller seule.

Avec son ménage à quatre, mon vieux père, musulman du dimanche aux forts penchants animistes, est à lui seul un pied de nez aux guerres de religion qui déchirent la planète : Rose, sa première femme, est catholique, Mariam, la deuxième, musulmane, et la dernière, Nati, consulte les fétiches pour savoir ce que lui ordonne Wendé, son dieu-soleil.

Mariam, les mains aux hanches, secoue son beau visage au-dessus des victuailles. Rose passe nerveusement ses doigts sur sa joue ronde où trônent des scarifications, trois courtes lignes, en symétrie parfaite sur le haut de la pommette de l'autre joue. Nati, la plus jeune et la plus jolie, rit en regardant ses pieds.

J'ouvre délicatement l'emballage de la grande tablette de chocolat pour leur en offrir un morceau, tout en résistant à l'envie de l'engouffrer en quelques bouchées seule dans ma case. Je me meurs de retrouver cette saveur douceâtre depuis des semaines. Rose regarde le petit carré marron, le hume, puis décide de l'enrouler dans un coin de son pagne en faisant un nœud autour, comme le font les femmes pour garder sur elles la menue monnaie. Nati, plus téméraire, m'imite et croque son morceau de chocolat, qu'elle recrache aussitôt. Mariam, découragée par le geste de sa jeune coépouse, me redonne son carré.

Elles continuent d'évaluer le festin décati en hochant la tête. Rose pointe les boîtes et les sachets en faisant le geste de porter sa main à la bouche, l'air de demander si toutes ces choses se mangent.

Ce que je ne sais pas, c'est que je viens de leur poser un problème : comment répartir le festin équitablement dans cette famille dont je n'arrive pas à évaluer le nombre de membres ? Et pour quelle occasion autant de nourriture ?

Deux heures plus tard, au retour de Rasmané des champs, il expose le problème à mon vieux père, qui décide de l'exposer à son tour au chef coutumier, un vieil homme rendu à moitié aveugle par ses cataractes, qui passe ses journées à prier allongé sur une natte.

Le lendemain, la laitue défraîchie est donnée aux animaux. Il est décidé que tout me revient et doit être gardé dans ma case, mais que je pourrai offrir ce que je veux à l'occasion de la fête des récoltes. Dans une semaine.

Le monde à l'envers

Lorsque je demande aux enfants du village de dessiner dans mon cahier, ils dessinent invariablement une voiture bien carrée ou plusieurs Masques bien alignés. Les plus audacieux, un revolver ou un avion.

Aujourd'hui, les Masques se sont enfuis de mon cahier et dansent furieusement en frappant

le sol desséché. Bien vivantes, ces créatures in-
quiétantes, entités de fibres noires surmontées
d'un totem de bois peint, servent d'intermé-
diaires entre les deux mondes afin que l'âme du
défunt puisse cheminer sans encombre jusqu'au
monde des ancêtres.

La cérémonie rassemble quelques centaines
de personnes, qui ont dans certains cas marché
plusieurs kilomètres pour assister aux funérailles
du père d'Émilienne, chef d'un village éloigné de
Bokin dont je n'arrive pas à assimiler le nom. Les
gens sont rassemblés en petits groupes, assis ou
allongés sur des nattes entre les différents rites
ou, le reste du temps, engagés dans l'une des
nombreuses danses accompagnées de chants.
Plusieurs bœufs, chèvres et poules ont été égor-
gés et la bière de mil coule à flots. Ce ne sont là
que les « petites funérailles ». Les « grandes » auront lieu dans quelques mois.

Rien ne manquera au défunt. Avec son corps,
on enterrera tout ce qui pourrait lui être nécessaire au cours du long voyage qui fera traverser
son esprit de l'autre côté, dans le monde à l'envers. Ustensiles, armes, cauris, vêtements et sandales : le papa d'Émilienne pourra manger, se
défendre, payer ce dont il aura besoin et cheminer dans ses plus beaux habits. Si le voyage
se passe mal, on risque au village d'avoir à faire

avec une âme vagabonde de plus, qui continuera d'arpenter l'espace déjà partagé entre génies et vivants.

Une fois terminée la dernière danse des Masques, le fils aîné du défunt verse de l'eau sur le front glacé de son père avec sa main gauche, afin d'obtenir son pardon. De la même main toujours, cette main qui signifie le monde inversé dans lequel le défunt est en train de passer, on fait sa dernière toilette et on met dans sa main gauche une poignée de mil, son ultime repas parmi les vivants.

Tous les invités savent où mettre le pied, quand tourner et dans quel sens. Sauf moi, toujours en retard ou au mauvais endroit. J'en suis à apprendre l'alphabet de la danse alors qu'ils écrivent de longues phrases percutantes, récitent en chœur des pas couplés comme des rimes enrichies, improvisent de longs monologues au vocabulaire parfaitement en phase avec le rythme précis.

Les danseurs entament une autre danse. Leurs pieds frappent le sol avec force et rebondissent sur les cailloux pointus sans qu'aucune trace de douleur estompe leur sourire. Les pagnes des femmes, retenus fermement d'une main, s'entrouvrent tout de même à chaque saut. Les hommes redoublent d'ardeur à mesure que les battements des tambours s'accélèrent.

Le soleil fait bientôt place à la lune, la sueur s'assèche légèrement, surtout pour ceux qui, comme moi, se tiennent à l'écart, immobiles. Les lampes-tempête s'allument et, à un certain moment, on veut mieux voir la Blanche danser. Poussée par quelques paires de bras, je me retrouve vite au centre d'un cercle.

Je retiens mon pagne d'une main, ferme les yeux et m'élance... Puiser sa force dans le sol pour qu'elle rejaillisse dans les airs. Marteler la terre, faire monter la poussière. Courber le dos, fléchir les genoux. Raser le sol puis toucher de la main les étoiles. Ouvrir grand les bras. Sans m'en rendre compte, je suis en train d'apprendre à voler.

À un certain moment, les tambours se taisent et l'un des Masques, celui qui a la forme de l'oiseau, surgit de la brousse et danse sur un air endiablé que lui seul entend, battant des ailes et projetant sa tête dans un mouvement de balancier. Un messager, un lien entre le monde surnaturel et les hommes, incarné par un initié en chair et en os.

Après avoir exécuté de rapides mouvements, le Masque s'immobilise et se jette à genoux. Il entreprend alors de se départir de son costume. Lorsqu'il fait mine de découvrir son visage, des hommes de l'assistance accourent pour former un mur autour de lui et le traînent, serrés les uns contre les autres, derrière un énorme manguier.

Les Masques sont portés par des initiés et nul ne doit voir leur visage.

Aussi les Anciens se réunissent-ils aussitôt afin de tenter de décoder la signification de l'incident. On attribue aux Masques une puissance immanente, si bien que l'on ne pense même pas à interpréter le geste comme celui de l'homme qui le porte, mais bien comme un signe en provenance de l'autre monde.

Il est conclu que le défunt peine à cheminer dans l'autre monde et que l'on doit sacrifier une personne de l'assistance. L'étrangère est toute désignée ; déjà, des dizaines de bras m'entourent et me tirent.

Lorsque j'ouvre les yeux, Abibou me sourit à travers la moustiquaire. Elle ne sait pas que je reviens, en sueur, du monde à l'envers, où je l'ai échappé belle.

Le brodeur

À la lumière de la lampe-tempête, le brodeur, pensif, s'active sur la machine de Yaya. Aujourd'hui, pas de broderie. De la simple couture. Il remplace Yaya, parti à son tour en ville régler des affaires. Je le soupçonne d'être plutôt parti à la chasse à la deuxième épouse, malgré la peine qu'il inflige à sa femme Bintou avec ses blagues qui n'en sont, du reste, probablement pas.

Le brodeur, de retour à Bokin depuis hier, retourne la grande pièce de tissu à laquelle il vient de coudre une deuxième manche. Puis il se lève pour allumer une cigarette. Ses sandales glissent très légèrement sur le sol de terre battue. Il est ainsi : à le voir, on a l'impression qu'il effleure le monde, la vie, sans vouloir laisser de trace.

En m'approchant, j'entends mieux la musique qu'il écoute. Alpha Blondy, bien évidemment : « *Malgré les richesses agricoles, minières et minéralières, nous sommes victimes de l'endettement à croissance exponentielle et baignons dans l'économie sous perfusion. C'est la mondialisation de l'économie à sens unique, avec la pensée unique du maître à penser. Réveille-toi, Afrique...* » Il écoute religieusement, les yeux mi-clos, en tirant lentement sur sa cigarette. J'aime l'observer sans qu'il me voie, comme si j'allais réussir à capter à son insu un peu de son être insaisissable. Je le trouve particulièrement beau, aujourd'hui, avec sa simple chemise blanche aux manches retroussées, un Bic à portée de main dans la poche cousue sur le cœur.

Je me trompe. Il m'a vue arriver et sourit à travers les volutes bleues. J'oubliais ses yeux de chat. Je ne peux m'empêcher de repenser à cette première nuit dans la maison isolée. Celle où il a

dénudé pour la première fois un corps blanc, surpris par mes seins laiteux, la transparence de ma
peau. Mon goût, mon odeur. L'odeur si particu-
lière des femmes de chez nous, avait-il dit, humée
de si près pour la première fois. Pour lui l'effluve
des choses rares, fragiles comme la craie, capi-
teuses comme la myrrhe.

*« Le temps n'existe pas, la vie est un miracle, oui
le temps n'existe pas... »,* conclut Alpha Blondy sur
le transistor. Je sais déjà que peu importe où je
me trouverai désormais, les paroles du chanteur
ivoirien me ramèneront inévitablement ici. Un
peu chez moi, sur la terre brûlée par un soleil,
Wendé, qui porte le même nom que Dieu.

Le brodeur m'invite à m'asseoir près de la machine à coudre où il a repris place. Sur le petit
tabouret où j'ai mangé avec lui, la première fois.
J'ai compté, je lui dis. Je suis à Bokin depuis deux
cents jours. Et je ne sais pas si je dois partir ou
rester.

*L'homme a deux pieds mais ne peut suivre deux
chemins en même temps,* murmure-t-il tout bas,
en regardant au loin. Avant de me dire, *viens, je
vais payer ma cigarette au kiosque* et de laisser son
travail en plan en me guidant dans la pénombre.

Balkissa

Il est étrange de constater que ce sont souvent ceux qui travaillent le plus qui gagnent le moins. Une évidence que ces paysans penchés sur leur *daba* ne deviendront jamais millionnaires. Je les regarde, au loin, en approchant de l'enceinte des sorcières.

Je vais visiter Balkissa, la sorcière nouvellement arrivée. Non seulement elle ne sera jamais riche, mais elle ne sera même plus jamais quelqu'un. Du moins, auprès des siens. Chassée à jamais de son milieu, elle devra se réinventer.

Pour l'instant, elle s'évade dans le chant des oiseaux. Comme je peux à peine communiquer avec elle, j'essaie de parler oiseau... *Fuit, fuit, fuit, cui, cui, cui, fioui, fioui, trrrr, trrr, trrrrrrr, fioui, fifififi...* Je siffle et elle me regarde d'abord d'un air inquiet. Je siffle plus fort, puis encore plus fort, plus clair, à m'en éclater les cordes vocales. Elle regarde par terre, puis se met bientôt à rire, rire, rire... Aux larmes. Puis en frappant le sol où elle est assise, dans la case de terre battue. Je la laisse chasser ses démons jusqu'à ce que je n'aie plus de souffle pour siffler. À un moment, elle essuie ses larmes et se redresse, m'adressant un sourire magnifique.

Balkissa, l'amie des oiseaux, n'a pas dit son dernier mot.

Justice populaire

Je marche d'un pas lent, me voyant arriver au ralenti à l'atelier au son d'Alpha qui persiste et signe, *le temps n'existe pas, la vie est un miracle...* Penché sur un tissu indigo, Yaya parle encore de prendre une deuxième femme. Il dit en riant que Bintou, son épouse, ne dit rien lorsqu'il évoque cette éventualité. Elle tape seulement plus fort dans le mortier, pimente trop la sauce, passe plus de temps chez la voisine. Cigarette au bec, il chasse une mouche de la main. Sur son torse nu, il porte en bandoulière une sorte de pansement de tissu dans lequel sont enveloppées des feuilles dont le vert transparaît à travers les mailles. Il refuse de me répondre lorsque je lui demande de quel mal il souffre et avec quoi il se soigne. *Les Blancs n'auront pas tous nos secrets, même toi.* Je chasse moi aussi un insecte de la main, remarquant au passage que ma peau n'est plus si blanche, mais aussi ma furieuse envie d'aller consoler la belle Bintou et de taper fort dans le mortier. À la place, je bifurque vers le marché, quittant impoliment Yaya.

Un énorme quartier de viande pend à un crochet, lui aussi couvert de mouches impossibles à chasser sur un tel festin sanguinolent offert en plein soleil. En gesticulant, le boucher à ciel ouvert négocie avec un client à travers le bourdonnement des insectes avides. Autour d'eux, des marchandes de tout et de rien discutent derrière leurs étals. Certaines bercent un enfant ou le nourrissent, d'autres regardent au loin l'horizon dépouillé, ligne tranchante qui délimite leur univers. Elles refont sans cesse les petites pyramides de fruits et légumes colorés ou rabougris, passent distraitement une main dans les haricots à œil noir, jettent les beignets dans l'huile bouillante.

Les jours de marché, tous les deux jours, le terrain vague s'anime des rires et des voix des paysans venus des alentours, des négociations des villageois et des jeux des enfants qui envahissent la place, vite repoussés par les adultes à coups de petites branches qui sifflent dans l'air comme des fouets.

À proximité, autour du puits, des fillettes s'acharnent sur la pompe du forage pour remplir d'eau leurs seaux, dans un mouvement qui rappelle les sauts des guerriers kenyans, les Massaï. Un cochonnet grisâtre traverse la place avant de se rouler sur le dos dans une minuscule flaque d'eau, que se sont probablement déjà disputé plusieurs créatures au gosier sec.

Soudainement, au milieu du bruit et de la clameur de la foule déjà animée, un troupeau humain se met à courir dans de hauts cris, ceux des femmes plus perçants que les autres. Je comprends à peu près. *Il est là! Ne le lâchez pas! Attrapez-le! Tuez-le! Au voleur!*

Sur les cris d'une marchande à qui un adolescent en haillons a dérobé une paire de Nike usagés et un sac d'arachides, la foule présente s'est tournée comme un seul homme vers le voleur, entamant d'un seul pas une course folle qui n'a qu'un seul but, faire la peau à cet ingrat, à coup de pieds, de bâtons, de cailloux. Battu, lapidé sur la place publique, cela lui passera l'envie, lui apprendra à convoiter le maigre peu de ceux qui n'ont déjà presque rien. S'il survit.

À la justice populaire, le voleur préfère souvent se réfugier au commissariat de police, où il passera peut-être un meilleur quart d'heure. La foule n'a pas de pitié pour les petits bandits à sa portée. Peut-être encore moins quand ceux des grands chemins sont inaccessibles du haut de leurs palais.

J'ai peine à m'approcher, à m'imaginer le voleur recroquevillé, plié en deux sous les coups qui le transforment en lambeaux humains. À voir les visages hagards qui peut-être lancent sur lui toute leur hargne retenue contre ce qui les maintient dans leur misère.

Peut-être par égard pour son jeune âge – treize ou quatorze ans –, la foule est clémente avec le voleur et le laisse en vie. Lorsqu'il réussit à se tirer péniblement des griffes de ses assaillants, je reconnais le petit mendiant venu chanter sur le pas de la porte du brodeur, en échange de restes de table ou de quelques sous.

La boue

La pluie s'arrête. Lentement, à travers les volets, commence à se glisser une lumière dorée, qui zèbre les murs. Un moment d'intimité s'achève. Bientôt tout redeviendra sec. Il faudra sortir à nouveau, se quitter jusqu'à la prochaine pluie.

Son sourire dans l'embrasure de la porte, dans la lumière de fin du jour, en voyant mes sandales enlisées dans la boue.

Ne rentre pas. Reste avec moi. Toute la vie avec moi. Avec toi seule je peux parler, à ciel ouvert, malgré tout ce qui nous sépare, malgré les mauvaises langues, les interdits, les convenances. Malgré les sorcières cachées au fond des calebasses, guettant une faille pour avaler nos âmes complices. Si tu pars, j'aurai mal, je serai seul. Personne ne me connaît vraiment, je ne l'ai jamais voulu. Tu ne sais pas pourquoi je suis ici, à Bokin. Je ne te le dirai pas. Mais tout le reste, si tu veux, tu sauras. Tu sauras ce qu'il y a au fond de moi. Tu liras sur mes lèvres, dans la paume de mes mains.

Le brodeur est une ombre fugitive qui m'auréole. Qui donne du relief à ce qui n'avait pas de contour.

Je regarde autour. Personne en vue. Pour l'instant, je retire mes sandales et les lance sur le pas de la porte avant de m'engouffrer de nouveau dans la maison aux murs nus. Pour le reste de la vie, je ne sais pas. *Le bout de bois a beau rester cent ans dans l'eau, il ne deviendra jamais caïman.*

Comment tracer les contours de son pays

Kalifa me montre comment tracer les contours de son pays : prendre chacun des nombres, dans l'ordre, et le jumeler à la première lettre du nom qui le suit pour obtenir un repère cartographique :

Au cours d'une battue, 10 Bororos, 13 Birifors et 13 Dagaris ont tué 14 éperviers, 14 faucons, 16 faisans et 16 ibis. Ils les ont fait cuire avec 15 ignames et 14 jujubes. Sept jours plus tard, 7 Mossis et 6 Markas ont tué 6 lions qui dévoraient 3 moutons à 1 kilomètre. Deux heures plus tard, ils ont abattu 3 hippopotames et 4 éléphants. Cinq élèves de notre classe sauraient-ils en faire autant ?

Kalifa, le bel enfant qui voudrait porter ses cheveux longs sur les épaules et ne réussit qu'à obtenir une boule afro dont il faut lui apprendre à être fier. Kalifa, qui rêve de conduire une belle voiture et se contente pour l'instant d'inventorier ses maigres possessions : deux habits très propres, un Bic mâchouillé, un cahier dont une moitié sert à son petit frère. Il avait une balle, mais elle est tombée dans un puits.

Tous les élèves savent tracer les contours de leur pays grâce à cette petite histoire de chasse. Des contours issus d'un découpage colonial qui a privé le pays d'une ouverture maritime ou fluviale. Supprimé à un moment durant la période coloniale, partagé entre les pays voisins qui grignotaient chacun un bout d'espace, le pays fut reconstitué. Avant la colonisation, il n'existait pas en tant qu'entité, mais plutôt comme un regroupement de petits espaces occupés par des clans.

Aujourd'hui, Kalifa et les autres ne rêvent plus que de sortir des contours de ce pays.

Comment s'inclure dans le paysage

Mon corps et mon esprit perdent par moments leurs repères. Certains instants, la magnificence des paysages, l'éclat des petits détails, l'intensité de la vie à Bokin me plongent dans un état de grâce. L'inquiétude n'est alors pas de mise ; il n'y a place que pour l'apprentissage, l'observation attentive de la vie des villageois. Place pour la fête, aussi, puisqu'elle fait partie intégrante des mœurs de ce peuple aux allures pourtant réservées.

Puis les mystères insondables de la brousse me font replonger en d'autres temps au fond de moi, et là, tout n'est pas si simple. Mes questionnements viennent creuser des ravines dans mon bonheur de moins en moins naïf.

Pour moi qui n'ai de toute ma vie vu qu'empilement, foisonnement, superflu, cet horizon dépouillé devrait être comme une page blanche où il est possible de chaque jour tout recommencer. Mais comment comprendre, moi, la somme de ces vies liées à la pluie, ce pays où tout va bien si l'on a mangé… Et surtout, comment rester insouciante devant le poids de mon inutilité ?

Je n'arrive pas à voir ce que ces gens, qui de toute leur vie ne quitteront probablement jamais cette terre, voient au bout de cet horizon, à travers les branches racornies qui au lieu de s'élancer vers le ciel pointent vers la terre.

L'indescriptible beauté des lieux, alors que chaque feuille verdoyante devient une victoire sur l'indicible, le désastre annoncé, l'avancée du désert et le déchaînement des éléments, cette beauté m'aveugle comme une trop forte lumière, sans que je ne sache comment m'inclure dans le paysage.

Bestiaire

Il était une fois le chien et l'homme étaient de bons amis. Un jour ils sont partis ensemble au village. Un des enfants de l'homme était malade, donc, il voulait le sang d'un chiot pour guérir ça. L'homme est parti voir la chienne, qui a accepté de donner un de ses chiots pour égorger. Lorsqu'il aurait fini de verser le sang, l'homme n'aurait qu'à enterrer le chiot. L'homme a dit que oui, il le ferait. L'homme est parti faire égorger le chiot, faire guérir son enfant et après ils ont pris la viande du chien pour la manger. La chienne est venue demander à l'homme s'il avait enterré son fils. L'homme a répondu que oui. La chienne demande à voir la tombe. L'homme lui a montré une fausse tombe, alors que les enfants de l'homme disaient que « hou ! aujourd'hui, nous, on a mangé une bonnne viande ! » La chienne est partie enlever la terre, elle n'a pas vu son chiot. Elle a dit à l'homme que : « Maintenant, tu seras mon maître mais on ne se parlera plus. Quand tu me donneras quelque chose et que je serai contente, je remuerai ma queue. » (C'est fini.)

Kalifa exerce sa voix sur ma petite enregistreuse. Je ne sais pas s'il saisit le sens de la trahison décrite dans son histoire. Puis je me demande ce que je fais là. Si je lui offre quelque chose de valable, mon amitié, moi qui ai plus de deux fois son âge. C'est inévitable, même si je n'attends rien, ici, on attend quelque chose de moi. Et moi, l'étrangère, je suis ici, comme le dit le proverbe, une enfant. Je veux qu'on m'instruise, comme si j'étais remontée aux sources de la vie.

Des zébus, des pintades, des chiens galeux. Des araignées et des cafards gros comme le poing. Un bien mince répertoire d'animaux exotiques à mettre sous la dent, au retour, des fabulateurs de l'Afrique, avides de safaris en costumes kaki avec casques coloniaux.

Des génies hirsutes, oui, croisés sur le mauvais chemin, à la mauvaise heure, en ayant sifflé un air de trop. Des êtres invisibles qui partagent le territoire avec les vivants. Qui peut-être aiment trop leur jouer des tours, voler les récoltes, faire fuir les nuages, assécher les marigots lorsqu'ils trouvent les humains trop vilains. Trop avides de territoires. Des ancêtres sortis des murs de terre, des Masques dansant comme des damnés jusqu'à la transe de la foule. Oui, voilà mon bestiaire.

Et dedans, il y a moi, un peu plus hirsute et près de mes instincts.

À l'aube, cueillir les rêves

Dans la case où je dors sur la colline, de grands yeux noirs chaque nuit se posent sur moi. Plusieurs paires. Et des murs de terre surgissent des têtes fantomatiques qui me scrutent puis repartent, sans cesse remplacées. Devant la case, mes frères adoptifs montent la garde, sans savoir qu'il y a déjà toute une armée d'ancêtres à l'intérieur, tout autour du lit de camp apporté là pour moi. Prostrés près du canari d'eau à peu près fraîche. Dans la calebasse qui sert à boire l'eau. Sous le lit.

Je finis par dormir moi aussi dehors sur une natte, au grand dam de mon vieux père, près de mes gardiens de plus en plus nombreux chaque soir, mais qui ont au moins l'avantage d'être vivants. Mes petits frères aux grands yeux noirs.

Avant l'aube, parfois réveillée par l'absence de bruit, un doute me transperce : de quel côté suis-je ? Je suis terrassée par ce silence qui vient de loin et parle de choses anciennes. Des choses difficiles à entendre car elles ne font que toucher au plus près du corps la mesure de ce que je suis ici et maintenant, absoute dans l'abandon.

Avant le gazouillis des oiseaux, avant le chant du coq, le bruit des pilons, alors que tout est paisible, que l'air feutré, immobile, enrobe tout comme d'un cocon, je m'éveille en ayant l'impression que ce moment où les autres dorment encore est le seul où je peux m'immiscer dans leurs pensées, veiller sur eux comme ils veillent sur moi, étrangère dont on doit guider les pas. Me pencher pour cueillir leurs rêves épars, qui se débattent pour devenir palpables quelques instants, avant de s'évanouir et de choir comme une brume au pied des volcans.

Je ne sais plus de quel monde je viens ni de quel côté je suis. Mais dans ces champs où se rendent difficilement les nouvelles internationales et où le réchauffement climatique n'a pas encore de nom scientifique, je me sens plus que n'importe où en sécurité. En paix et invincible. Comme si la terre était un rempart contre la terrible humanité.

Traces

Au musée de Manéga, les fétiches me regardent avec leurs yeux de clous, me parlent avec leur bouche muette. À travers la vitrine, inanimés, ils ont l'air de n'avoir rien à voir avec la vie des humains. Pourtant, en les contemplant, c'est moi qui m'éloigne un peu des vivants. Un peu de ce monde.

Dans leur abri de verre, ils continuent de me regarder, arborant leurs seins oblongs, leur sexe valeureusement tendu. À l'extérieur, ils animent nombre de cases, blottis dans un coin sombre où ils affichent leur visage impassible. Les grands de ce monde ne vont ni aux urnes ni aux armes sans avoir d'abord compté sur quelques sorcelleries les concernant. Sans avoir imploré leurs grâces, craint leur abandon, fait quelques sacrifices à leur intention.

Malgré l'interdiction, j'ai pris en cachette quelques photos au musée. On disait que ce qui ne devait pas sortir du pays n'en sortait pas.

En effet, je ne le savais pas encore, mais rien n'apparaîtrait sur ma pellicule. Ni la plus vieille femme de la concession, âgée, semblait-il, de cent-vingt et un ans, ni les habits de rituel dont les enfants s'étaient parés, en cachette, pas plus que les sorcières recueillies par la mission catholique, et, encore moins, les fétiches du musée.

Tout resterait dans ma tête, comme la trace évanescente du Sahel, partout, et un peu nulle part.

L'engin volant

Depuis quelques jours, la pluie a de nouveau cessé de venir.

Je sais maintenant que je survolerai bientôt l'étendue de la brousse à dos d'avion. À un certain moment, après des kilomètres de terre rouge, de sable ocre, au-dessus des hommes et des femmes qui regarderont l'engin volant comme un mirage avant de baisser la tête sur la terre qu'ils creusent de leurs *dabas* en priant pour la pluie, je survolerai l'immensité bleue à demi cachée sous les nuages, la mer.

Avant mon arrivée ici, je me demandais comment déserts et océans cohabitaient à vue d'ailes, toujours loin l'un de l'autre, mais intimement liés. Renfermant tous deux la mort.

Alors que les océans existent, comment accepter cette sécheresse assassine ?

Le temps des photos

L'heure des adieux a sonné. Je tente de réunir tous les membres de la famille de mon vieux père pour une photo. Cela semble une entreprise impossible : je ne les ai jamais vus tous en même temps et je ne sais même pas si je les ai tous déjà vus. Je confonds plusieurs des hommes de la concession, toujours timides à ma vue.

Ils viennent vers moi au compte-gouttes. Plusieurs arrivent des champs et veulent se laver d'abord. Les trois femmes de mon valeureux père, Rose, Mariam et Nati, sont là les premières, des foulards colorés noués autour de la tête. Abibou, devenue mon ombre ces derniers jours, est déjà là et ne me lâche pas d'un centimètre. Elle porte un enfant dans ses bras, emmitouflé dans un grand pagne de coton rêche. Rasmané la suit bientôt, à la tête de la cohorte d'enfants aux cheveux courts, garçons comme filles. Un bataillon aux pieds nus, dont une poignée seulement porte de simples sandales de caoutchouc. Des adultes que je n'ai vus que furtivement accompagnent des vieux qui portent de longues tuniques sur leurs pantalons trop courts.

Une charrette passe, l'air de rien, comme si d'autres ne conduisaient pas, ailleurs, des voitures rutilantes.

Un appareil à vue panoramique s'impose pour englober cette pièce d'anthologie que constitue la famille de mon vieux père, lui qui déjà pose fièrement, immobile et la bouche bien serrée, une tuque blanche sur la tête surplombée d'un chapeau de paille percé, des souliers en plastique aux pieds. On m'offre des regards d'un autre temps, les *dabas* tendus comme une offrande. Les plus vieux ont le même air figé que sur les photographies anciennes, pour lesquelles on attendait plusieurs minutes que le petit oiseau sorte, que la poudre s'allume et que la lumière soit pour immortaliser les traits à travers les âges. Qui se souviendra de ces paysans, relégués aux oubliettes d'une vie moderne où certains enfants, qui n'ont qu'à ouvrir la porte d'un réfrigérateur pour se nourrir, ne savent même pas d'où vient le lait? Qui saura que ce sont eux les vrais héros, les derniers combattants dont l'arme véritable est la sueur qui réussit à faire sortir la vie de la terre? J'appuie sur le déclencheur. Je n'ai pourtant pas besoin de l'appareil pour fixer à jamais en moi cet instant.

Mon vieux père me serre la main en détournant les yeux. Ne pas pleurer et être toujours courageux. On me donne une calebasse, une poule vivante, un pagne, des haricots secs. Je traverse une dernière fois la terre du roi, le ventre déchiré, ma poule aux pattes attachées à la main.

Je suis déjà loin quand j'entends l'écho du cri d'Abibou, ma belle et grave, à travers les champs. Elle crie mon nom. Peut-être pour mettre dans sa bouche une dernière fois ce goût d'ailleurs qui résonne aux confins des champs.

La viande et les os

Sur la route, je croise Zalissa, les cheveux défaits, son petit sourire de fée caché sous sa mine renfrognée. Elle vient d'être chassée par Émilienne parce que son fils s'est blessé pendant son absence. Zalissa venue de la Côte-d'Ivoire pour travailler chez une tante morte depuis. Zalissa qui n'est qu'une enfant et qui préfère le gras et les os à la viande. *Prenez, il faut enlever*, disait-elle toujours en échangeant avec moi ses morceaux préférés. Viande contre moelle, os contre viande.

Je ne désire plus rien. Être là à contempler des étendues de lumière, à condenser des mois à l'air libre dans un éclair fugitif. Ne plus savoir de quel côté du monde je viens ni ce que la vie voudra de moi.

Je marche seule sous un ciel pervenche qui éclaire les petites concessions couleur de sable. Le chemin est devenu avec la pluie plein de lacs et de rivières imprévus.

Terrain vague

Face à face avec le brodeur. Nous nous regardons sans rien dire. Sans nous toucher. L'averse éclate et nous restons immobiles au centre du terrain vague. Au centre du monde aussi bien. L'eau ruisselle le long de nos visages, dévale le long des bras, des mains, le long du corps.

Son boubou bleu se transforme en une longue vague. Je vacille et mes pieds s'enfoncent dans la terre devenue glaise. Une mer rouge où je tangue. L'anneau d'or brille à son doigt sous l'éclair. Toute cette eau efface les pleurs, inutiles. Il nous faudrait une barque, il nous faudrait rejoindre la mer. Il nous faudrait. Nous liquéfier, désobéir au temps. Le temps tangue. Je suis debout. Je suis face. Je suis face à face. Puis je m'enroule au fond de moi comme un chien. Je m'enroule sur moi-même comme un animal mais je vois bien. Je vois bien qu'il faut rester debout, rester droite, sans fin ni début, sans début ni fin. Être toujours, être un ciel pour l'autre. Je suis. Je te suis.

L'éclair illumine la nuit et nous prend par la main, anéantis par la pluie comme par le commencement d'un monde où nous ne serions plus tels que nous avons été. Le temps redevient sable et reprend son envol.

Demain, tout sera sec, demain, je partirai.

Le petit mendiant passe au ralenti sous la pluie, tirant au bout d'une corde une chèvre égarée. Il baisse la tête en nous voyant, serrant plus fort la boîte de conserves vide qu'il tient au creux de son bras. Le vent nous empêche d'entendre le chant religieux qu'il entonne pour se donner une contenance devant ces deux corps si proches, ruisselants au milieu de nulle part.

À cet âge, on ne sait pas que l'amour entrave la raison.

L'aéroport

Assise sur le siège trop dur de l'aéroport de Bruxelles, je plie et déplie les jambes, pose une main sur ma joue, observe nerveusement mes mains. Cure sous un ongle un peu de saleté de là-bas. La terre rouge qui envahit tout. Je l'entends dire, dans ma tête, *je vais payer ma cigarette au kiosque.*

Je n'ai rien vu de la capitale belge. J'ai marché comme une somnambule, revenant m'enrouler dans ma chambre dans le pagne de coton brut offert par mon vieux père pour mon départ. Un linceul rêche qui sent le poivre et l'encens, la terre et la poussière.

Sur ma tête, le foulard offert par le brodeur, où trône le motif de l'étoile à huit branches, encadrée de deux spirales. La boussole qui guidera mon chemin, même si je sais déjà que je ne reviendrai jamais tout à fait des hivernages africains où l'air appesanti donne à attendre une délivrance, la pluie. Que le ciel n'aura plus jamais assez d'étoiles, si ce n'est celui de Bokin.

Deuxième partie

*

Calligraphie

Le brodeur m'a envoyé un messager. Au fond, ses doigts ne m'ont jamais vraiment laissée partir, seulement prêtée au monde extérieur. Il me garde et m'emmêle dans les fils dorés qui dessinent l'horizon de son quotidien.

Je retourne la photo entre mes mains. Mon visage aux traits rajeunis de dix ans, tout près de celui du brodeur : combien de lettres échangées depuis ce jour, de soupirs, de doutes ? La morsure de l'absence, comme une faim terrible qui gruge les entrailles. La vie qui suit son cours. Puis, plus rien. Aucune nouvelle, plus de trace. Et l'impression d'avoir vécu tout ça comme dans un film, où la lumière serait plus vraie que nature, où le temps n'aurait plus vraiment d'importance et la pellicule serait sans fin, défilant des kilomètres de terre ocre.

Salaam, le messager, m'a aussi apporté de la lecture : une lettre du brodeur et un livre passé en catimini aux douanes.

« *Deux frères partaient cultiver. Sur le chemin qui les conduisait aux champs, l'un des deux dit : "C'est doux." Un hivernage passa. Retournant aux champs, au même endroit que l'an dernier, le deuxième frère dit : "Quoi ?" Le premier répondit : "Le miel." Le conte demande lequel des deux frères a le plus de mémoire ?*

Quand cette lettre te trouvera, je serai loin de mon pays, s'il plaît à Dieu. J'ai connu ta curiosité à Bokin et je viens ici te trouver pour te confier une mission. Si je trouve la mort durant mon périple, j'aimerais que tu fasses connaître au monde la vérité et que les grands faiseurs de malin de mon pays aient le sort qu'ils méritent. Dieu me pardonne, tu es une femme, mais je n'ai trouvé que toi pour porter le flambeau de la justice. J'espère que ton mari (que j'envie mais respecte) me pardonnera de te mêler à ces histoires. Je sais qu'il est lui aussi un enfant de Sankara, un frère d'armes. Il comprendra. »

Mon mari. Plus aucune nouvelle de lui non plus. La vie qui suit son cours.

La lettre date d'il y a deux ans, presque jour pour jour. On dirait un brouillon, une lettre inachevée. Mais je reconnais bien là sa calligraphie, légèrement penchée vers la gauche, avec de grandes envolées et des lettres qui rapetissent, comme si elles voulaient s'échapper de la page avant de retourner se terrer sous les lignes. Le

ton solennel et l'écriture romanesque du brodeur.
Son penchant pour les grandes intrigues.

Le livre qui accompagne la lettre relate l'histoire du pays, la révolution et se penche sur des
assassinats mystérieux et leur possible lien avec
le pouvoir en place, photos et listes des personnes
disparues à l'appui. Il date lui aussi d'il y a deux
ans, fraîchement paru au moment de la lettre.
Quelques évènements se sont ajoutés à la liste
depuis. J'avais moi-même commencé à les énumé-
rer pour un article ébauché à partir d'un travail
universitaire. Des études en journalisme. Probablement inspirées, avec quelques années de dé-
calage, par l'audace de l'ami du brodeur, paix à
son âme.

Le messager s'appelle Salaam. Salaam, la paix.
Je l'ai fait monter, lui et son maigre bagage, dans
mon petit appartement. Il n'a rien dit en me
voyant, il n'a pas demandé si c'était bien moi. Il
m'a vue tant de fois en photo (et même en pein-
ture, car il paraît que le brodeur avait fait faire un
grand portrait de moi d'après photo par un artiste
du quartier) qu'il n'a eu aucun doute lorsqu'il
m'a vue dans l'escalier. Il faut dire qu'il n'est pas
très bavard. Il répond souvent en souriant et je
me suis même demandé au début s'il était sain
d'esprit.

Voilà où j'en suis : j'habite de nouveau seule,
je me débrouille pas mal dans la vie et me voici

devant mon passé, face à l'histoire d'un petit pays qui a un peu changé la mienne.

Clandestins

Salaam est très grand, mais il se fait petit. Il se borne à son rôle de messager et lui tirer les vers du nez ne sera pas facile, on dirait. J'avais cru que, lui qui avait voyagé avec le brodeur, franchi à pied les frontières de plusieurs pays, serait un torrent de paroles. N'est-ce pas ce que voulait le brodeur, un témoin ? Je ne peux m'imaginer ce que doit être la vie quotidienne de ces hommes et ces femmes qui partent ainsi, brûlent leur carte d'identité et s'embarquent pour une existence meilleure au péril de leur vie. Je respecte donc le rythme de Salaam. Je ne sais pas ce qu'il a vécu et je suis bien mal placée pour le brusquer depuis le confort de mon salon. Je ne lui demande pas comment il a fait pour arriver jusqu'ici.

Je sais au moins que le plan du brodeur était d'agir de l'extérieur. Il croyait qu'un homme mort de plus ne servirait pas à grand-chose pour le pays. Et comme l'option de sortir du pays légale-ment ne s'offrait pas à lui – ou plutôt celle d'entrer légitimement ailleurs – il a choisi en désespoir de cause la voie des petits pas. Et là entrait en cause ma culpabilité, celle de ne pas avoir choisi d'unir nos destinées autrefois et de lui offrir ainsi un visa pour ailleurs. J'avais attribué à son sens du drame les lettres où il me disait que sa vie était peut-être menacée à cause de ses relations avec son ami journaliste. Lui qui était capable de me demander sur un même ton un poème ou une machine à broder, comme s'ils avaient le même poids dans un colis.

On n'en est plus là. Il est parti par ses propres moyens. Il voulait agir de l'extérieur, comme si rester chez lui était devenu plus dangereux que de traverser à pied des frontières sans identité, d'escalader des barrières métalliques hautes comme le firmament avec des chiens aux longues canines qui aboient sous vos pieds, de monter dans des pirogues vétustes en route vers nulle part.

Aller loin, loin de chez lui, où il pourrait enfin être un homme moderne, croyait-il. J'ai l'impression de l'avoir connu assez pour deviner ses pensées. Qu'est-ce qui m'a pris, autrefois, de partir ? De tout laisser en plan, comme si c'était plus facile de ne pas être déçue par une histoire pas terminée, inassouvie. Une histoire coupée à vif en son milieu, belle bête sanguinolente à jamais étalée dans toute sa splendeur. Un éternel commencement, qui ne prendrait jamais une ride. Ce qui est inachevé reste pour toujours merveilleux. Inépuisable.

C'est ce qui m'a pris : l'envie de laisser cet amour sous verre, pour qu'il respire de lui-même, pour ne jamais le perdre dans la lassitude.

Les échelles

Ainsi, le brodeur est parti. Il n'est plus là-bas, à l'atelier, à rêver derrière sa machine. Et il a veillé à dérouler jusqu'à moi un fil long comme le monde, un messager mince comme une liane avec une photo au bout des bras. Il a utilisé le pont que je lui avais dessiné.

Pour me rappeler ce que nous étions. Peut-être qui je suis et ce que je dois faire.

« *Pour que les paysans éternellement penchés sur leur daba puissent se redresser et jouir de la vie comme ceux qui boivent leur sueur dans leurs palais. Que la parole se libère sans que les corps soient troués de balles. Que Sankara, enfin, soit vengé. Le peuple doit se libérer pour assumer son destin.* »

Rien de moins !

J'ai un jour dit à une amie : « Tu veux savoir ce qui me fait pleurer ? » Je lui ai alors montré une photo de dizaines d'échelles de fortune fabriquées par les migrants africains qui tentaient de traverser illégalement la frontière marocaine pour aller en Europe. Puis une coupure de presse qui rapportait qu'un bateau gonflable rempli de clandestins avait été déchiré d'un coup de couteau par un garde-côte en pleine mer. Puis une autre où l'on signalait une douzaine de personnes mortes de soif en plein désert avant d'atteindre la frontière algérienne. J'en avais une boîte pleine.

Salaam me raconte au compte-gouttes quelques anecdotes, me promettant de me faire le récit complet de son périple avec le brodeur quand il sera prêt. En attendant, il dort sur mon divan et apprivoise la neige qui a envahi le mois de décembre. Je ne veux pas le forcer à parler, je respecte ses longs jours dans le désert et le chemin parcouru jusqu'à moi. Mais il me faut en savoir plus avant de prendre une décision : prendre la route sur les traces du brodeur ou garder notre histoire sous verre.

À Bokin, le brodeur a rêvé de fabriquer une échelle pour atteindre dans le grand ciel les étoiles. Maintenant, il en fabrique peut-être une, une de plus, pour se hisser au-delà des barbelés, fuir encore les chiens. Car il arrive que les migrants fassent des dizaines de tentatives pour franchir les frontières. Par la terre, par la mer, le désert. Il arrive qu'ils soient reconduits chez eux, qu'ils repartent et reviennent et repartent, dans un va-et-vient incessant. Jusqu'à ce qu'ils atteignent leur but. Ou meurent. Ou deviennent fous, comme ceux qui ont été aperçus à Tin Zouatine, à la frontière du Mali et de l'Algérie, passant leurs journées à l'ombre des maisons sans arbres et en faisant le tour en suivant le mouvement du soleil.

Longtemps resté immobile derrière sa machine activée par une pédale, paralysé par les parvenus qui répliquaient au peuple par la bouche de leurs fusils, il s'apprêtait à traverser dans l'autre monde, celui des Blancs, à attraper comme une maladie la modernité. Si ce n'est déjà fait.

Le bouc noir

En attendant le récit de Salaam, je lis et relis la lettre. Je me suis aussi plongée dans le livre.

Un passage raconte comment Sankara, le président assassiné, a été un jour convoqué par ses parents. Ils avaient eu vent de menaces qui pesaient sur leur fils. Pour assurer sa protection contre le mauvais sort, ils avaient consulté les meilleurs devins du pays et lui proposaient une forme de sacrifice, où le sang ne coulerait pas. Il devait pénétrer dans une chambre obscure où l'on aurait attaché un bouc noir, caresser l'animal à rebrousse-poil et ressortir. Simple comme bonjour. On dit qu'il se serait écrié, en rapportant les faits : « Vous vous rendez compte, le président du Faso en train de caresser un bouc noir dans une chambre obscure ! »

Beaucoup de choses au pays sont associées au surnaturel. Les pépins, les malheurs, les catastrophes, les morts, les accidents ne sont que sorts, maraboutages et ensorcellements. Devant la pauvreté, on ne sait plus s'il faut implorer Dieu, le gouvernement ou les fétiches.

Pour ce qui est du gouvernement, depuis la disparition de Sankara, un système étrange s'est établi entre le pays et le reste du monde. La démocratie et les droits de l'homme sont la vitrine du pays des hommes intègres. Le partenariat avec l'étranger, la coopération tournent à plein régime. Canadiens, Allemands, Français, Américains se succèdent qui pour construire un puits, une école, une route, qui pour inviter le président à être décoré pour ses bonnes actions. Sa meilleure action reste celle d'avoir remplacé un être coupable d'incitation à la dignité, à l'autosuffisance, à l'indépendance. Les partenaires félicitent les autorités pour leur bonne gouvernance. Tout se passe comme si le pays est sur la bonne voie du développement. Un pays à qui on fiche la paix tant qu'il ouvre ses mines d'or. On ferme les yeux, on coopère. Lorsqu'on y regarde de plus près, les hautes instances sont félicitées alors que le peuple lutte pour sa survie, pleure ses morts et combat en vain l'impunité.

Qui sait, si Sankara avait flatté ce bouc, peut-être serait-il encore debout à fouetter le moral des troupes, sur un continent qui serait tout, sauf oublié ?

La mine

Le pays se rappelle sans cesse à moi. Il y a quelques semaines, une pleine page de journal faisait les louanges de l'actuel président. Le complice des assassins, aux yeux de plusieurs, des espoirs de la jeunesse africaine. Un président qui tente d'occuper le trou béant laissé par son ami et prédécesseur, le vénéré capitaine Sankara, et d'essuyer ses mains entachées sur les carrés de soie de ses amis européens.

On ne montre plus beaucoup les photos de jeunesse où Sankara et le président figurent, bras dessus bras dessous, en tenue de sport, souriants, les cuisses athlétiques et les yeux grands ouverts sur un avenir que ni l'un ni l'autre n'est en mesure d'imaginer.

Le journal ne fait mention que des talents exceptionnels de médiateur du président, à croire qu'il est en voie de régler tous les conflits africains, du Congo à la Côte-d'Ivoire, en passant par le Soudan. L'article ne manque pas de souligner toutes les œuvres humanitaires auxquelles est associée sa délicieuse épouse, montrée sous toutes ses coutures rebondies sur les photos. Pas un mot sur l'assassinat du journaliste éliminé quelques mois après mon départ pour avoir farfouillé de trop près dans les affaires présidentielles. Ni sur les dizaines de disparitions politiques qui ont encouragé le silence du peuple.

Le pays m'habite et il se transporte aujourd'hui dans mon salon : Salaam sur le divan et, à la télé, l'inauguration de la mine de Mana. Des images d'un ministre noir en complet noir, suivi d'un homme qui l'escorte avec un parapluie pour le protéger, essuyant de l'autre main l'eau qui ruisselle sur son propre visage. Une pluie rare et violente qui a choisi de se déverser sur la cérémonie. Les pieds dans la boue rouge, un homme d'affaires blanc, qui fait aussi dans l'humanitaire, venu inaugurer sa mine. Trois dizaines de tonnes d'or à extraire en quelques années. Un ancien coopérant qui a trouvé un trésor durant ses années de mission : une mine d'or. Dommage qu'il l'ait vue avant les habitants du pays : autrement, ils auraient pu mieux manger à leur faim.

Une pudeur apparentée au dégoût empêche de comparer la part du patron à celle des ouvriers locaux. Ce qu'on ne dit pas à la télé, c'est que plusieurs paysans n'ont plus de terre à cultiver. Pour exploiter la mine, qui crée bien quelques emplois, on a délogé des familles et indemnisé les propriétaires terriens. Des gens qui ont en quelque sorte le sentiment d'avoir trahi leurs ancêtres en vendant des terres dont ils avaient héritées. De nouveaux riches qui ont l'air d'avoir gagné au loto mais n'auront plus rien pour assurer leur survie dans quelques années. Cette loterie instantanée s'est déchaînée pour plusieurs en exhibition de fortune : motocyclettes, téléviseurs, ustensiles de luxe, tissus de qualité... Certains esprits plus pratiques ont investi dans des charrues ou la construction d'une maison, tandis que d'autres ont enrichi les propriétaires de maquis et de buvettes en faisant couler à flots la bière de mil et autres liquides fermentés.

Un peuple qui dépend de la pluie et du grain engrangé dans les greniers de terre cuite pour vivre peut-il ainsi bazarder ses terres au plus offrant ?

Partir

J'ai d'abord cru que Salaam venait du même pays que le brodeur. Il est plutôt nigérien. Pays voisin, même réserve, mêmes gestes discrets, même noblesse dans la démarche, le balancement de la tête au rythme des pas lents. Même souffle caressant dans la voix, comme si c'était un vent chaud parfois mêlé de sable.

Je me rends compte maintenant que nous avons passé des années côte à côte, dans le silence. Sans nous voir.

Partir, il le faudra. Je le sais. Pour me donner du courage, je n'ai qu'à penser au jeune Edmond, douze ans, tué par la police durant les manifestations qui ont suivi la mort du journaliste. Ou au brodeur lui-même et à cette envie toujours latente de le retrouver. Aux confins du désert ?

Ma tête éclate en mille fragments chaque fois que sous mes paupières se déroulent des kilomètres de terre ocre sur lesquelles tombe une lumière diaphane de fin du monde, vole sous les pieds des femmes en procession, un canari sur la tête, une poussière qui n'est rien d'autre que la cendre des milliers de végétaux, d'animaux, d'humains. Des éclats de civilisation et de barbarie acheminés par le vent dans un endroit qui pourrait être mille autres, mais trouve grâce en moi et par moi comme celui de la mémoire, la mémoire des végétaux, des animaux et des humains, le dieu soleil fiché là d'où nul ne revient, là-haut, trop haut, en plein ciel. Une flèche dans la poitrine, un oiseau dans la tête, le bruit du vent sur la peau.

Mais vient un moment où un lieu ne tient plus qu'en quelques images figées qui ont perdu leurs odeurs, leurs contours, leur mouvement. Il est temps de redonner leurs dimensions aux souvenirs, de les remettre en vie avant qu'ils ne s'effacent, ne se travestissent tout à fait sous les tricheries de la mémoire.

Je mélange les cartes et espère tirer le bon numéro. Des cartes où les cœurs sont des tomates et les trèfles des arachides.

Le Bon Dieu sait beaucoup de choses

Je sais que plus rien ne sera pareil. Que des quartiers auront poussé, dont l'un se démarque déjà dans la ville en tant que symbole d'un faux progrès, un rappel que certains émergent en s'appuyant sur la tête des autres. Une ville dans la ville, où des villas cossues se cachent derrière de hauts murs, microcosme où l'élite mène un train de vie luxueux en se forçant à oublier les paysans qui brandissent chaque jour leur *daba* sans jamais accéder à mieux. S'il ne pleut pas, les nouveaux riches pourront toujours se baigner dans le champagne qui coule à flots dans leur zone protégée.

Le premier dimanche de chaque mois se réunissent sur la tombe du journaliste les femmes en noir. Des chrétiennes, des musulmanes, des protestantes. Depuis des années, au cimetière de Gounghin, elles chantent, prient, discourent pour demander que la lumière soit faite. On les menace, on les intimide ; elles reviennent. Leur chorale ne baisse pas la voix, elles ne baissent pas la tête et maintiennent leur demande : la réouverture du dossier de l'assassinat du journaliste, resté lettre morte depuis l'ordonnance de non-lieu.

Les autorités ont envoyé le chef du village demander pardon à la vieille maman du journaliste au lendemain de la mort de son fils. *J'irai à la tombe sans accepter le pardon.* Digne jusqu'au bout. Brûlée dans sa chair comme son fils. Première version officielle : accident de la route. Sur place, une voiture arrêtée, carbonisée, pas de trace de freinage. *Je suis d'un certain âge, mais je n'ai jamais vu pareille horreur. On tue un être humain et on le brûle. Ils auraient pu au moins laisser le corps.*

Je ne sais pas qui a tué mon fil, mais le Bon Dieu le sait. Le Bon Dieu sait beaucoup de choses.

Soleil

Salaam dort sur le divan. Le soleil inonde la cuisine d'où je le regarde dans son sommeil d'enfant. D'enfant qui a vaincu le désert. Son bras pend dans le vide, dans un abandon confiant. Il porte lui aussi un anneau à son doigt. Je reconnais ce genre de bague : un talisman. On y insère une prière, un porte-bonheur, avant de sceller le métal parfaitement.

J'ai fini par apprendre que Salaam était piroguier sur le fleuve Niger. Il passait ses journées en équilibre sur l'eau, debout, une perche à la main, faisant passer les gens d'une rive à l'autre pour quelques sous.

Le soleil sur moi, c'est toujours le soleil de Bokin. Même le soleil d'hiver. C'est Wendé, le dieu que j'ai laissé là-bas mais transporté ici sous un autre nom. Dieu a plusieurs noms sous plusieurs cieux. Mais le ciel est grand, il peut contenir toutes les incantations, toutes les abjections, toutes les louanges. Et rester sublime. Le soleil glisse jusqu'à mes pieds. Il me transporte là où je le veux.

Salaam s'agite dans son sommeil. Il crie quelque chose que je ne comprends pas. Répète le même mot. Fini le sommeil d'enfant, l'abandon confiant. Le désert revient le hanter. Il ouvre les yeux. Il a soif. Il ouvre les yeux et croise les miens, aussi noirs que les siens. Durant sa sieste, il a perdu sa bataille contre le sable.

L'attente est une patience que je connais bien. Dans ma cuisine, en plein soleil de décembre, je recommence à attendre la pluie. À espérer que les doigts du brodeur, quelque part, manient toujours l'aiguille et le fil.

Le récit

Un jour Salaam est prêt. Ça se passe la nuit. Je ne sais pas pourquoi. Il cogne timidement à ma porte alors que je lis et me demande si on peut aller boire un thé. Il est une heure du matin.

Je ne sais rien de lui. Ou deux ou trois choses : le matin, il aime boire un Nescafé tiède avec cinq cuillérées de sucre et du lait en poudre plutôt que frais. Il adore le pain baguette, ramasse méticuleusement les miettes sur la table et les verse dans sa tasse de café. Puis il sourit, content comme s'il venait de manger un bœuf entier. Il aime les bandes dessinées, avec un faible pour Lucky Luke. Par contre, il déteste Tintin. Il ne peut pas comprendre un monde où évolue une seule et unique femme, moche de surcroît, la Castafiore, et ne peut pas digérer ce jeune reporter blond et naïf qui montre aux Congolais comment maîtriser un léopard. Finalement, je sais qu'il avait une jeune sœur morte de la malaria la même année que son père, lui-même né l'année de la mort de Lumumba.

Nous nous sommes emmitouflés pour sortir. La neige est folle et scintille comme des étoiles. Je pense au ciel de Bokin, qui me semble de plus en plus proche. Il a mis la fameuse tuque rouge qu'il portait le jour de son arrivée. C'est en fait un passe-montagne qu'il a relevé sur sa tête. À cause de l'ouverture, il porte un autre bonnet dessous. Je ne sais pas pourquoi il y tient autant, ce n'est pas franchement joli. Mais bon, il est tout frais dans le paysage hivernal et porte encore les traces bleues de l'indigo des foulards touaregs.

Au café, il commande un thé à la menthe, mais il n'y en a pas. Il dit que c'est ce qu'il buvait toujours avec le brodeur. Lorsqu'il n'y avait pas de menthe fraîche, ils s'arrangeaient pour trouver des pastilles Valda ou des bonbons à la menthe qu'ils faisaient fondre dans l'eau bouillante. Je lui demande s'ils mettaient parfois du clou de girofle. Il répond que non et je ne lui révèle pas tout ce que cette odeur de thé mousseux au parfum de clou de girofle évoque pour moi.

Il commande donc un chocolat chaud sur mes conseils et il met quand même cinq cuillères de sucre dedans. Puis il raconte l'histoire à l'envers, en commençant par la fin, soit le jour où il est arrivé au Canada. Lorsque le personnel du café change, à six heures du matin, il vient tout juste de perdre la trace du brodeur.

Les lumières de la ville

C'est au milieu du désert qu'il a consenti à me dire son nom. Auparavant, pour moi comme pour tout le monde, il était simplement « le brodeur ».

Mon compagnon de voyage m'avait tout de même raconté, au fil des jours, une partie de son histoire. Pour tuer le temps, en fumant des cigarettes, allongés sur des nattes dans la cour de l'hôtel, à Agadez. Durant les nuits sans sommeil où nous montions la garde pour prévenir les dormeurs si les patrouilles algériennes atteignaient notre montagne. Autour du feu, au campement, après de longues journées d'attente.

Si le brodeur s'était confié à moi et s'il acceptait de me dire son nom, c'est que nous avions partagé tant d'épreuves, me disais-je. Aujourd'hui, je crois que c'était plutôt à cause de la mort qui rôdait dans ce désert. Il avait ce désir qu'une personne, au moins, sache qui il était.

Ce que j'aimais le plus dans son histoire, c'est qu'il venait du pays de mon héros, Thomas Sankara, assassiné le jour où je suis né. Comme Patrice Lumumba a été tué le jour de la naissance de mon père. Le jour de ma naissance, tout le monde pleurait au Niger et dans toute l'Afrique, je n'invente rien.

Un jour, des contrebandiers nous ont laissés à près de quarante kilomètres de la ville la plus proche, Tamanrasset. Dans la nuit noire et froide, en plein désert, en nous disant de suivre les lumières de la ville censées être visibles de là.

Le brodeur ne voulait surtout pas finir à Tin Zouatine, à la frontière du Mali et de l'Algérie. Côté malien, il avait entendu dire que, à part le petit poste militaire et quelques maisons abandonnées au milieu des cailloux, on n'y trouvait que des tombes fraîches. Et des refoulés devenus fous, qui passent leurs journées à l'ombre des maisons

sans arbres et en font le tour en suivant le mouvement du soleil. Du côté algérien, un peu plus animé,
on pouvait gagner quelques sous en fabriquant des
briques ou en cassant des cailloux. Le sort a voulu
que nos pas nous mènent exactement là.

Un jour où il faisait trop chaud, il m'a tendu la
photo, avec votre nom derrière. « Si tu survis et
moi pas, je veux que tu portes cette photo à cette
adresse et que tu lui racontes mon histoire », m'a-
t-il dit avant de tirer nerveusement une bouffée de
la cigarette que nous partagions. « Tu le feras en
mémoire de moi », a-t-il ajouté solennellement.
Puis il a commencé à griffonner la lettre. Je n'avais
rien à ajouter. J'ai obéi. Pour lui et pour Thomas
Sankara.

Hôtel Idéal

Dans presque toutes les villes le brodeur a réussi
à se glisser derrière une machine à coudre pour
ramasser quelques sous. À Agadez, il faisait la
navette entre un petit atelier de couture situé près
du marché aux toits de tôle et l'hôtel Idéal. De là,
nous préparions la grande traversée.

Agadez, c'est la limite avant le passage vers le
désert. La dernière grande ville. Une ville frontière, hors du temps, où convergent comme des
papillons de nuit cherchant la lumière des êtres

qui n'ont plus que leurs rêves auxquels s'accrocher. Tous savent pourquoi vous êtes là et la ville est organisée autour du trafic incessant des migrants. Les policiers en profitent pour vous soutirer de l'argent sous toutes sortes de prétextes. Certains habitants de la ville cherchent à vous aider, mais d'autres à vous exploiter lorsqu'ils savent que vous êtes coincés et que vous ferez n'importe quoi parce que vous n'avez pas le choix. C'est ainsi que pas mal de femmes qui restent bloquées là finissent par se prostituer.

Il y a là-bas des gens en provenance de toute l'Afrique. Certains y étaient nouveaux, d'autres échouaient là pour la énième fois. D'autres encore y étaient depuis des années et avaient fini par lancer leur petite affaire, comme Prosper le coiffeur ou Issaka le vendeur de cartes d'appel. Plusieurs étaient devenus passeurs et avaient fini par oublier leurs rêves d'Europe parce qu'ils gagnaient gros en arrangeant les départs. Ceux-là ont fini par faire de la ville leur eldorado. C'était mon pays, mais une fois sur la ligne de départ, j'étais dans le même bateau que tous les autres qui piaffaient d'impatience comme des étalons prêts à s'élancer vers une prairie qui semblait plus verte de loin.

Nous avions dormi deux nuits à la belle étoile avant d'entendre parler de l'hôtel Idéal. C'était le lieu où il fallait être pour savoir comment ça se passait. Les gens s'y regroupent surtout par *nationalité, c'est plus facile. S'il arrive que quelqu'un n'ait plus rien parce qu'on lui a tout pris ou qu'il a épuisé son argent, des frères l'aident et partagent ce qu'ils ont, même si cela retarde parfois leur propre voyage. C'est ainsi. Sinon, on dort mal la nuit et on pense aux mauvais esprits qui ne manqueront pas de nous attraper dans le Sahara pour nous faire expier nos fautes.*

Quand nous sommes arrivés là-bas le premier jour, des gens discutaient assis sur des nattes, échangeaient des trucs sur la grande traversée. Certains en parlaient comme d'une discipline olympique. Ils y avaient survécu deux, trois fois. Le champion, un Sénégalais, en était à sa sixième fois. Il disait que grâce à la photo de son marabout qu'il gardait accrochée à son cou, il pouvait survivre des jours sans boire ni manger. Il faisait partie d'une confrérie dont le chef religieux avait tenu tête aux colonisateurs français à la fin du XIXᵉ siècle. Pour s'en débarrasser, on l'avait déporté au Gabon, où il était resté durant des années. Le Sénégalais racontait à qui voulait l'entendre comment son cheikh avait survécu enfermé avec un lion affamé au jardin zoologique ou comment il avait prié sur la surface des eaux lorsqu'on avait voulu l'empêcher de le faire sur le pont du bateau qui l'emmenait en exil. Chaque fois qu'il répétait son histoire, je me gardais de lui demander pourquoi la photo de son marabout ne lui avait jamais

permis d'atteindre l'Europe et pourquoi il était
chaque fois refoulé. Je sais déjà ce qu'il m'aurait
répondu à propos de ses retours à la case départ : son
seigneur voulait l'éprouver. C'est comme ça, la foi.

Il y a des histoires que je ne voulais pas entendre.
Comme celle du transporteur qui avait abandonné
ses passagers en plein désert et était parti avec
toutes leurs économies. Il fallait bien se renseigner
pour ne pas mal tomber. À part se renseigner, il
fallait faire des provisions : un bidon d'eau de trente
litres, du lait en poudre, de la farine, des biscuits...
Dans nos bagages, quelques habits de rechange, des
photos, une couverture, des bricoles utiles seule-
ment. Le brodeur s'était embarrassé d'un livre, qu'il
ne lâchait presque jamais. Il s'en servait comme
oreiller et le gardait dans deux sacs de plastique.

Le faux départ de l'empereur
pour la guerre

Je sais maintenant ce que contenait ce livre. Et
combien de crimes impunis au pays du brodeur
avaient abouti en une grande mascarade appelée
pompeusement la « Journée nationale du pardon », une cérémonie censée tenir lieu d'expia-
tion publique.

Peu de temps après mon départ, les corps de
l'ami journaliste et de ses trois compagnons

avaient été retrouvés à une centaine de kilomètres de la capitale, criblés de balles dans une voiture calcinée. Le journaliste avait eu l'audace d'enquêter sur une histoire de meurtre au palais présidentiel. Il l'avait payé de sa vie.

On avait voulu faire croire à la thèse de l'accident. Inventé des ennemis à ce journaliste qui n'avait pas fait cas des avertissements. La mémoire encore fraîche de la disparition de Sankara, le pays était entré en crise. Les marches de protestation, les grèves, les manifestations, l'année blanche des étudiants n'avait pas eu raison d'un pouvoir qui s'accrochait.

En ce jour du pardon, le président, conseillé par un groupe de sages, avait entrepris de réunir son peuple blessé dans un grand stade, lançant comme de la poudre aux yeux une volée de blanches colombes dans le ciel déjà blanc. Des deniers publics investis dans une réunion nationale pour mieux balayer toute idée d'enquêtes ou de procès pour des assassinats politiques légitimés par une communauté internationale qui fermait les yeux.

Se réconcilier et obtenir la grâce du peuple sans vérité ni justice, tel était le plan des autorités. « Un chef d'État qui demande pardon en public pour les tortures et les injustices, les crimes commis dans son pays durant les quarante dernières années, croit-il pouvoir ensuite mieux dormir la nuit ? », me demande Salaam, les yeux exorbités.

J'ai assisté un jour, dans le capitale, à la cérémonie du faux départ du Mogho Naaba. Tous les vendredis, au petit matin, le Mogho Naaba – l'empereur du peuple mossi –, vêtu de pourpre, sort de son palais accompagné de sa cour, son cheval fin prêt et richement harnaché. Au son des tambours, sa cour le supplie de ne pas partir et de rebrousser chemin, ce à quoi il acquiesce depuis des décennies en rentrant dans le palais et en ressortant vêtu de blanc.

Le Mogho Naaba, descendant des fondateurs du royaume mossi, Ouédraogo et Yennenga, symbolise l'unité de l'empire et il était traditionnellement le représentant du soleil, et vénéré comme tel. De nos jours, plusieurs chefs traditionnels, des *naaba* dont le Mogho Naaba est le chef suprême, sont à la fois chef et député, conseiller ou maire. Une double fonction problématique quand se superpose l'idée de monarchie et celle de démocratie et que ces hommes se considèrent souverains, ayant droit de vie et de mort sur leurs sujets.

La cérémonie du faux départ du Mogho Naaba pour la guerre est devenue un manège qui attire surtout les touristes. Le peuple s'intéresse plutôt au vrai départ du président, mais vote en masse pour sa réélection, seul le Bon Dieu sait pourquoi. Car le Bon Dieu sait beaucoup de choses, comme le dit la vieille maman du journaliste. Et lui seul a droit de vie et de mort sur ses sujets.

Les jumeaux

À l'hôtel Idéal, il y avait aussi les jumeaux maliens, Aliou et Sidiki, qui rêvaient de devenir footballeurs professionnels en Europe. Ils ne parlaient que de ça, le football. C'était toute leur vie. Vifs et musclés, ils portaient les mêmes habits et on ne les distinguait que par une cicatrice qui traversait la joue de Sidiki.

Ils se voyaient déjà au sommet de la gloire, adulés par le public et les femmes, dans de grosses maisons, de grosses voitures. En deuxième carrière, quand leurs corps faibliraient, ils seraient vedettes de cinéma, ça allait de soi. On manquait cruellement de jumeaux à l'écran, selon eux. À ce moment-là, ils seraient déjà en sol américain, ça allait aussi de soi. Ils se taquinaient sans cesse, se chamaillaient à la blague et finissaient souvent au sol après de fausses batailles. Leur naïveté nous faisait du bien, en fait. On pensait moins à ce qui nous attendait pour vrai. Deux grands enfants que les femmes ne quittaient pas des yeux, avec leur gueule de star. Une gueule pour deux, mais deux bouches à nourrir. Ils avaient leur propre langage quand ils voulaient que personne ne les comprenne.

Un langage inventé dont ils étaient les deux seuls locuteurs. Ça ne rassurait pas beaucoup le brodeur, pour qui les jumeaux restaient des êtres particuliers.

Les jumeaux sont partis avant nous. Puis, un jour, ça a été notre tour. Nous sommes partis de nuit, en faisant un au revoir muet aux gens d'Agadez. J'avais caché dans un coin de la cour de l'hôtel Idéal un mot à qui de droit. C'est à dire à n'importe qui, celui qui le trouverait. Je ne sais pas pourquoi j'ai fait ça. J'avais besoin de laisser une trace parce que je n'étais pas certain que mon existence se poursuivrait au-delà du désert. En pirogue, je n'ai jamais eu peur de traverser d'une rive à l'autre, même debout, en équilibre sur l'eau. La grande traversée qui m'attendait, cette fois, c'était le passage non seulement d'une rive à une autre, mais d'une vie à une autre. Je ne savais pas si je pourrais non seulement survivre, mais me survivre à moi-même.

Mon message, c'était peut-être pour m'annoncer à moi-même la fin de Salaam tel qu'il était et s'était toujours connu. Lui dire de ne pas trop s'inquiéter lorsque, de l'autre côté, le miroir lui renverrait un autre reflet. Le reflet de son jumeau, peut-être.

Le haut et le bas

Le camion a fait une panne à mi-chemin. Le passeur n'avait pas pris la peine d'attendre un convoi d'au moins deux camions, plus sûr, pour nous expédier dans le désert. Le chauffeur risquait lui aussi sa vie, mais la cocaïne qu'il reniflait semblait lui faire croire qu'il était invincible et il avait pressé le départ.

Après avoir attendu quelques heures immobiles, le brodeur et moi avions décidé de partir à pied, malgré les protestations et les mises en garde. Trois autres hommes nous ont suivis, mais nous nous sommes séparés en cours de route, chacun croyant lire son avenir dans le profil des dunes.

Dans le désert, nous étions invisibles. Du ciel, nous étions deux points faméliques, avançant péniblement vers un point tout aussi invisible à hauteur d'homme. Impossible aussi près de l'éventualité de la mort de ne pas se rattacher au ciel, même pour celui qui ne croit pas. Dans le firmament, il y a tout, il y a rien. C'est le lieu de tous les possibles, la convergence de la liberté, le point d'attirance d'une inaccessible légèreté. Dans le ciel, il y avait mon père. Né le jour de la mort de Lumumba. A-t-il au ciel retrouvé ses héros ? Le ciel est-il hiérarchique, les anges d'un côté, les héros de l'autre, les simples humains encore ailleurs... Là-bas, comment reconnaître le haut et le bas ? Ici-bas nous étions, de là-haut nous rêvions, pensant que là-bas, on n'a plus faim, on n'a plus soif, plus besoin de pieds pour marcher. Surtout des pieds crevassés qui font souffrir à chaque pas, dont nous ne savions si chacun nous gardait ici-bas ou nous rapprochait de là-haut.

Mauvais esprits

Le jour, l'air brûle. La nuit, le sable a un goût de cendre.

Dans l'obscurité, nous avons buté sur des corps. À la lumière de la torche, nous en avons vu au moins dix. Des hommes. Un adolescent. L'un agenouillé, en position de prière. Le brodeur a crié. Je l'ai imité et nous avons hurlé comme des hyènes dans le ciel d'ardoise, glacial, où les étoiles brillaient insolemment. Ces hommes desséchés, voilés et dévoilés au gré du vent qui les couvre de sable et les découvre, rappelaient au brodeur d'autres visages figés par la mort. Ceux de son ami journaliste et des trois hommes qui l'accompagnaient dans la camionnette qui est devenue leur tombeau. Leurs restes carbonisés devenus des cendres soulevées et réparties dans l'air au hasard du vent.

Nous avions marché longtemps pour ne pas que le lever du jour nous révèle dans son ensemble le tableau funèbre que nous avions entrevu dans l'éclair des torches. Nos cris avaient sans doute appelé les mauvais esprits, car je me suis senti frôlé à plusieurs reprises durant la nuit. Le brodeur a dit que c'était des fennecs, des renards des sables, de petites bêtes aux grandes oreilles dont la curiosité était plus grande que la peur, qui nous avaient encerclés durant notre sommeil pour mieux sentir de près notre odeur d'hommes. Il les avait vus dans son rêve. À son réveil, il n'a trouvé que l'une de ses deux chaussures, ou du moins ce qu'il en restait.

Grand frère

Nous marchions tête baissée pour ne pas offrir notre peau craquelée à la morsure du soleil. Les pas du brodeur était mal assurés. Je ne savais pas son âge, mais c'était certainement mon grand frère. Il avait bien quinze ans de plus que moi. Quinze ans qui pesaient lourd dans le désert, où chaque atome d'énergie vitale pouvait servir. À un moment, il s'est laissé tomber dans le sable.

Même s'il n'avait plus de larmes, je voyais qu'il pleurait. J'ai fait à ce moment-là ce que deux hommes font rarement chez moi : je me suis agenouillé et je l'ai pris dans mes bras. Je lui ai transmis un peu de la force qui me restait. Lève-toi, grand frère. Lève-toi. Et nous avons marché.

Avancer dans le désert est à la fois intense et effrayant. Dans le silence, j'entendais battre mon cœur. Il fallait nous convaincre que nous étions bien vivants et non pas des âmes errantes condamnées à arpenter pour l'éternité un espace sans début ni fin. Que ce que nous croisions en chemin n'était que des mirages. Nous n'avions pas vu ces hommes à moitié ensevelis par le sable ni cette carcasse de véhicule remplie de squelettes.

Un jour, une heure, une nuit, je ne sais plus, le temps n'existe pas dans cet abîme brûlant, nous nous sommes couchés dans le sable et nous avons attendu. J'aurais voulu dire tout doucement. Mais la soif fait mal. La soif brûle. La soif fait perdre la tête. Nous avons attendu un siècle et la mort n'est pas venue rompre la tourmente sèche. On a cru au début que si, qu'elle se présentait sous la forme d'un vrombissement ininterrompu, un essaim de bourdons qui s'avançait vers nous pour nous mutiler avec ses dards, tirer de nos corps toute substance, le moindre liquide qui y subsistait. Une odeur lointaine de gazoline accompagnait les troupes de l'enfer, qui s'approchaient furieusement. Les yeux entrouverts, nous regardions avec stupéfaction l'arbre géant qui s'approchait en roulant, semant sur son passage des vagues de sable. Un arbre couvert d'hommes enturbannés, de bagages pêle-mêle et, surtout, de bidons d'eau accrochés à la structure bringuebalante. Le brodeur a remué les lèvres, mais je n'entendais rien. Le camion allait passer son chemin. Il fallait bouger, nous lever, redevenir des hommes verticaux. Être vus coûte que coûte. Arracher l'un des bidons et nous noyer dans une goutte d'eau pour reprendre notre apparence humaine. Le chauffeur a vu deux taches sur les dunes. J'agitais au bout de mon bras l'un des sacs plastique qui entouraient le livre du brodeur. Le sac s'est envolé. Je n'avais plus la force de serrer mes doigts plus longtemps. Puis le camion a piqué droit sur nous et trois ou quatre hommes sont descendus de leur perchoir. L'un deux a tendu une gourde vers moi en me disant de ne pas boire trop, que ce serait comme du feu dans mon ventre.

Les hommes enturbannés

Tous ces hommes anonymes, enveloppés dans des turbans, agrippés à un camion pourri qui zigzague dans le sable, tous ces hommes ont quitté ce qu'ils avaient et mènent une même quête : changer d'horizon, vivre mieux, apporter de l'espoir aux leurs. Ils vont au front, leur courage à bout de bras, leur détermination comme unique arme. Ils s'oublient pour un temps, un temps de sacrifice. Une quête sévèrement punie aux frontières lorsqu'on n'a que ce motif pour les franchir et rien dans les poches.

Comme eux, nous avions brûlé nos cartes d'identité.

À travers la masse compacte des hommes, il y avait une femme. Une femme maigre avec de trop grands yeux. Elle ne parlait pas le français comme deuxième langue, mais l'anglais. Une Nigériane. Elle s'appelait Abebi. En yoruba, « nous lui avons demandé de venir et elle est venue à nous ». C'était la quatrième fois qu'elle essayait de se rendre en Europe.

Abebi ne voulait plus échouer. Son corps lui avait trop souvent servi de passe, avant d'être ramenée à la case départ. Elle avait un enfant qui l'attendait chez elle, né d'elle ne savait quel homme.

On voyait qu'elle avait dû être belle, malgré sa maigreur et le sourire qui ne lui venait plus. Elle se tenait comme un homme, un homme brave et fier. Elle avait bandé ses seins, mais ses mains ne trompaient pas. Une délicatesse toute féminine.

Ces hommes, tous ces hommes, la protégeaient pour l'instant. Mais un jour, à un moment, ce serait chacun pour soi. Et les hommes oublieraient de faire comme si c'était leur femme, leur sœur, leur fille, leur nièce. Ils penseraient à eux parce que chez eux les attendaient des femmes, des sœurs, des filles, des nièces qui comptaient sur eux. Ils devaient être leurs héros et les héros doivent se rendre jusqu'au bout, accéder à l'eldorado. Coûte que coûte. Des villages entiers se cotisent pour cela,

envoyer à la mer, au désert un fils pour qu'il tra-
verse dans l'autre monde et subvienne à leurs
besoins.

Mais à un moment, ce serait chacun pour soi.

Méditerranée

Après le sable, il y a eu les collines de rocailles,
où peu à peu la végétation reprenait ses droits, où
la vie semblait resurgir enfin. Alhamdoullilah. Dieu
soit loué. Le désert a une fin pour qui a la force de
lui résister. La frontière est arrivée tout douce-
ment sans qu'on sache la reconnaître, au milieu
des cailloux. La Lybie.

Nous étions sortis indemnes de cette immensité
hostile, comme faite pour rappeler aux hommes
qu'ils ne contrôlent pas tout. Tous n'avaient pas eu
cette chance. À Tripoli, nous avons croisé un cime-
tière chrétien dont une parcelle isolée commençait
à se couvrir de broussailles. Le soleil brillait sur les
tombes nues, où figuraient une date et l'inscrip-
tion « anonyme ». Des centaines de sépultures dis-
crètes de migrants rejetés par la mer, dont on ne
savait ni le nom ni la religion, ni le pays de départ.

Là-bas, en Lybie, le départ n'a pas traîné. Enfin,
pas trop. Nous avions l'habitude que tout prenne
des semaines, des mois. Je n'avais jamais senti le
poids des jours avant. Durant notre périple, ils

avaient parfois une longueur indigeste, un goût de fer.

À Al-Zuwarah, sur la côte, il était assez facile de trouver un contact pour payer cher une traversée sur un bateau pourri. Nous avons pris place sur une embarcation surchargée. Miraculeusement survécu à une traversée houleuse durant laquelle un enfant est mort dans les bras de ses parents. Ils n'ont pu se résoudre à jeter son corps à la mer et sa maman l'a bercé jusqu'à ce qu'on touche terre.

Nous avons accosté à l'île de Malte, alors que nous comptions débarquer en Italie. Les mains qui nous ont accueillis étaient couvertes de gants.

Mardi, jour de chance

Le brodeur a le premier tendu la main vers l'homme qui nous aidait à débarquer. Il était faible, mais il lui semblait sacré de serrer la main de celui qui nous accueillait sur la terre promise. Il croyait encore naïvement que les souffrances vécues pour se rendre jusque là achetait un peu de la clémence de la terre d'asile.

Après nous avoir examinés, interrogés et avoir soigné sommairement les blessés, des hommes en uniforme nous ont emmenés dans un centre de détention provisoire, où il y avait beaucoup trop de monde pour l'espace disponible. Barbelés sur l'horizon. Je vous passe les détails. Nous y sommes restés cinq mois.

Durant ces cinq mois, le brodeur restait souvent silencieux. Il se plaignait de maux de tête persistants. Je m'étais de mon côté lié d'amitié avec un garçon d'une douzaine d'années, qui savait à peine lire et écrire. Il venait du Ghana. Je lui apprenais le français et il m'apprenait les rudiments de l'anglais. Il s'appelait Kobena, comme la plupart des enfants de son ethnie nés un mardi, jour de chance. Kobena relayait toutes les nouvelles du centre. C'est lui qui nous a appris, par exemple, le suicide d'un Algérien qui était là depuis plus d'un an et dont la demande d'asile ne cessait d'être rejetée. Et aussi la grève de la faim menée par un groupe d'Éthiopiens.

Lorsqu'on nous a relâchés dans la nature, un mardi, Kobena nous a accompagnés. Nous avions un permis de séjour humanitaire. Curieusement, nous étions comme des oisillons tombés en bas du nid : il nous poussait des ailes, mais nous ne savions pas encore voler seuls dans ce nouveau monde.

D'île en île

Malte est une station balnéaire très jolie pour ceux qui ont les moyens d'en profiter. Nous, nous n'étions pas en état de trouver le lieu paradisiaque.

Nous étions des échoués, pas des vacanciers. Kobena s'était trouvé un gagne-pain : il vendait des glaces sur la plage. Le brodeur n'avait pas trouvé d'atelier de couture où travailler et moi j'étais comme d'habitude, je voulais passer d'une rive à l'autre. En attendant, je vendais des lunettes fumées et des sacs faussement griffés en évitant les contrôles. Entre vendeurs itinérants, c'était la compétition, mais on se tenait : on lançait l'alerte générale dès qu'on reconnaissait de loin un flic.

Au bout d'un mois, nous avions l'argent pour prendre le bateau en partance pour la Sicile. Le brodeur a posé son front sur la terre en débarquant.

La Sicile est accrochée par un doigt à la région de Calabre. La partie ouest de l'île touche presque au bout de la botte. En moins d'une heure de traversier, on y est. Et là-bas, nous avons trouvé du travail. Dans une plantation d'oranges.

Les oranges amères

Le brodeur est un jour revenu au campement le bras entouré d'un bandage sommaire, fait d'un morceau de chemise. Un peu de sang avait traversé le tissu et formé une rose rouge un peu grossière, comme en portait quelquefois à l'oreille les femmes du village qui nous regardaient avec dédain au marché. Deux autres hommes avaient *aussi des pansements improvisés, à la jambe et au poignet. En ville, des Italiens leur avaient tiré dessus sans raison avec des fusils à air comprimé.*

Au milieu de l'empilement chaotique des matelas de fortune, des réchauds au gaz et des vêtements pêle-mêle, la centaine d'hommes qui habitaient comme nous l'usine désaffectée ont décidé de tenir un conciliabule. Un ouvrier agricole du village de tentes voisin est venu nous avertir que l'un des leurs, un Ghanéen, avait aussi été touché par les balles. La colère grondait. Une fois là, on ne vient plus d'un pays particulier. On patauge tous dans la même boue dès qu'on a franchi les kilomètres pour atteindre la Lybie, vomi dans un bateau pourri avant de mettre le pied sur la terre promise, le paradis où l'on ramasse des miettes en exécutant des travaux qui répugnent aux locaux. Ramasser des oranges, par exemple. Là-bas, en Calabre, des tonnes de fruits pendaient aux arbres. Une tonne de fruits pourris si le travail n'est pas fait.

Les hommes – des Maliens, des Sénégalais, des Ghanéens, des Libériens, des Marocains – se sont réunis en cercle. « C'en est trop, criaient les uns. Révoltons-nous ! » « Ils vont nous tuer », tempéraient les autres, rappelant que peu d'entre nous avaient des papiers en règle. Peu de gens au village étaient au courant de notre présence en si grand nombre. Ils ne voyaient que quelques-uns d'entre nous au marché. Sporadiquement. Toujours les mêmes, si possible. Même s'il est à peu près certain que les Italiens n'arrivent pas à distinguer un negro d'un autre. Aucun negro n'est Italien, avaient scandé les supporters au stade, après les cris de singe adressés aux joueurs noirs. Et puis aucun villageois n'osait franchir la barrière de détritus, le dépotoir, qui faisait écran à nos campements.

Avant la fin du conciliabule, les plus excités ont ramassé des barres de fer et des bâtons et sont partis vers le village en soufflant fort par leurs narines qui ne sentaient plus l'odeur capiteuse des oranges amères. Puis seuls sont restés les blessés et une dizaine d'hommes plus âgés.

Au village, les vitres éclatées, les voitures brûlées et les poubelles renversées n'étaient que la petite étincelle ravivée dans le cœur d'hommes dont les ancêtres ont transité par l'île de Gorée ou Fort-de-France, il y a plus de deux siècles. Un rappel des nuits à fonds de cale, sans étoiles.

Les villageois ont répliqué en menant une chasse aux immigrés, en voiture, avec des fusils, des bâtons. Les hommes de la mafia locale, qui avaient allumé le feu de la révolte en tirant sur ces immigrés sans papier, regardaient cette barbarie à la télé avec un sourire satisfait. Cela est juste est bon, se disaient-ils peut-être en plongeant leurs doigts bagués dans des pots de confiture aux oranges amères. Les esclaves seront toujours des esclaves. Nous sommes les plus forts.

Nous avons dû partir. Ils avaient gagné : ils pouvaient faire place nette pour nous remplacer par une main-d'œuvre encore moins cher payée et plus docile, des Bulgares, des Polonais, des Roumains.

La faille

Après avoir enfin atteint l'Europe, nous avons été recalés à la case départ. De l'Italie, nous avons été déportés par bateau vers la Lybie, et de là encore chassés vers l'Algérie. Mais le désert de nouveau nous attendait, nous ne pouvions faire autrement. Ce désir d'ailleurs, dès qu'on l'attrape, est comme une maladie incurable. Nous ne pouvions échouer. Il fallait essayer encore, retourner dans le monde des Blancs.

Tin Zouatine, Algérie. C'est là que j'ai perdu la trace du brodeur. J'étais parti travailler à quelques kilomètres de la ville. Casser des cailloux sous le soleil. Lorsque je suis revenu le soir, je ne l'ai pas vu. Ni les jours suivants. Et personne ne savait où il était.

Quand un nuage de sable s'est levé sur la ville, j'ai pensé aux corps desséchés sur lesquels nous avions buté un jour dans le désert. Peut-être étaient-ils définitivement engloutis sous des tonnes de sable et qu'il faudrait des siècles avant qu'ils ne soient découverts. Des ossements épars, sans histoire,

anonymes. Puis j'ai pensé aux tombes de Tripoli.
Peut-être que des parents mourront à leur tour
sans savoir si le corps de leur enfant est au fond de
la mer, aux confins du désert ou sous la terre
quelque part en Europe.

Je devais être le témoin du brodeur. Je devais
traverser l'océan en sa mémoire. S'il était vivant,
je savais que le destin se chargerait de se faire croi-
ser nos routes encore une fois.

Je suis un piroguier, je mène les gens d'une rive
à l'autre.

De retour à l'appartement, je suis épuisée, j'ai
soif et j'ai l'impression d'avoir avalé du sable.
Quelque chose dans ma gorge coince et m'empêche de respirer. Le nom du brodeur tourne
dans ma tête comme une incantation.

Le Sahel vu du ciel

Les sécheresses ont au fil des ans transformé
de vastes surfaces de la savane du Sahel en désert,
annonce d'un air convaincant la présentatrice à
la télé.

Les paysans ne plantent pas d'arbres, poursuit-
elle, mais le Sahel reverdit. À coups de *dabas*, en
groupe, ils entaillent le sol de milliers de petits
orifices peu profonds qui recueillent l'eau de
pluie. Une technique ancestrale appelée le *zaï*,

qui oriente les rares pluies vers les racines des végétaux cultivés. Au pays des hommes intègres, un paysan ingénieux a un jour eu l'idée d'augmenter la dimension des trous et d'y ajouter du fumier en saison sèche.

Les trous se sont transformés en pousses d'arbres, fertilisés par les graines que contenait le fumier. Puis les pousses sont devenues des arbres tout en hauteur, protégeant de la chaleur et du vent les cultures, maintenant l'humidité du sol. Les animaux sont gardés dans des enclos afin d'éviter qu'ils ne broutent toute repousse naturelle.

Après plusieurs saisons, la terre dégradée s'est transformée en petite forêt. L'homme qui est à son origine se promène fièrement au milieu des arbres, sa *daba* sur l'épaule. Aujourd'hui, il ne cultive plus beaucoup. Les arbres sont sa principale source de revenus et ils protègent ses récoltes. Il coupe et vend leurs branches. Sa famille mange à sa faim. Et d'autres arbres poussent.

La technique du paysan ingénieux s'est propagée de village en village et la contagion a gagné les pays voisins. Les images satellites montrent que les dunes reculent : vu du ciel, le Sahel a ajouté à sa palette une touche de vert.

Ce paysan, je le reconnais. C'est Rasmané, le fils de mon vieux père de la brousse.

La lumière

À l'aéroport de Ouagadougou, les mêmes policiers aux uniformes à épaulettes me dévisagent avec leurs regards mouillés. À travers la vitre, j'aperçois le goudron qui a recouvert la terre rouge.

À la sortie, l'odeur du charbon de bois, du thé à la menthe, des brochettes. La valse des mobylettes, des vélos, des charrettes. Je zigzague dans l'air suffocant et suit au hasard une femme au voile blanc qui marche d'un pas lent.

Je sais qu'au-delà de l'aéroport, beaucoup de choses auront changé. Tiken Jah Fakoly aura remplacé Alpha Blondy et Black Soman sur les transistors. Les citadins auront à l'oreille un téléphone portable. Les enfants seront des hommes, des femmes que je ne reconnaîtrai pas.

J'ai retrouvé le brodeur. Les éléphants, lorsqu'ils croisent des cadavres de leurs semblables, essaient de les enterrer. Ils emportent les os. À la mort d'un des leurs, ils se réunissent longuement autour du corps et y jettent avec leur trompe de la terre, des feuilles, des branches jusqu'à ce qu'il soit recouvert.

Le fil qui nous relie ne sera jamais coupé. Comme des jumeaux, l'un dans le monde des vivants, l'autre dans le monde à l'envers. J'irai jeter sur sa tombe de la terre, des feuilles, des branches.

À des kilomètres, Bokin sera toujours paré de l'éclat de sa terre ocre. Et cette beauté m'aveuglera comme une trop forte lumière.